JN037782
マンホールに落ちたと思ったら、
突然の異世界転移——！
優しい竜騎士団に保護され、
憧れのドラゴンともご対面？
私の転移担当神、神ってない!?
美女
お疲れアラサーは異世界でもふもふドラゴンと騎士の世話をしています
Naruta Runa
鳴田るな
〈Illust.〉
Tobi

ティルダ
エメリアに仕える女騎士。
バンデス
竜騎士団きってのマッチョメン。サヤの護衛を担当。
エメリア
なにやら訳ありの隣国の令嬢。
ショウ
竜騎士見習い。何かとサヤを気遣ってくれる。

緊急事態発生！
具合の悪い赤ちゃん竜が運び込まれてきた!?
私の力で、この竜を癒やさないと……！
痛いの痛いの、飛んでいけ――！
アーロン
竜騎士団長にして
第五王子。
無類の竜マニア。
サヤ
異世界転移してきた
お疲れアラサー。
竜を癒やす
ゴッドハンドを持つ。

私たちは雲の上に出た。

青と白がどこまでも続く、
美しい世界に。

「――良かったなあ。ここに来られて」

「これから何度でも来られる」

イージーモードハッピー異世界ライフ、万歳！

お疲れアラサーは
異世界で
もふもふドラゴンと
騎士の世話をしています
Naruta Runa
鳴田るな
〈Illust.〉
Tobi

口絵・本文イラスト：Ｔｏｂｉ
デザイン：杉本臣希

CONTENTS

プロローグ　お疲《つか》れアラサーが異世界デビューウェーイ！

拝啓《はいけい》、日本のお父さん、お母さん。お元気でお過ごしでしょうか。

コンビニのスイーツを買いに行ってマンホールっぽい何かに落ちるという、ギャグみたいな最期《さいご》を遂《と》げる親不孝者で、本当に申し訳ない。いや、そっちで結局どういう扱《あつか》いになっているのか、わからないんですけどね。

実は私、まだ生きているらしいです。異世界にて、もふもふのお世話係という大事なお仕事を賜《たまわ》りまして、今も竜舎《りゅうしゃ》にて絶賛お役目の真っ最中。

あ、竜舎というのは竜の滞在《たいざい》用に人間が用意した場所でして。ざっくり言えばすっごく大きい厩《きゅう》舎《しゃ》みたいなものなのですが、竜が好きに出入りできるように扉《とびら》は開放されていますし、あと、ものすごく内装がキラキラしていて……。

「ギュー！」

おっと、考え事をしていたら、つい手が止まっていたらしい。

「こっちに集中して！」

と言いたげな鳴き声を上げられたのは、優雅《ゆうが》に寝《ね》そべる美しき白竜様。惚《ほ》れ惚《ぼ》れうっとりするような、極上《ごくじょう》のもふもふであらせられる。

そう、もふもふ。竜だけど、もふもふ。

この世界の竜は、鱗《うろこ》ではなく毛で体が覆《おお》われていたのだ。概《おおむ》ね想像通りのファンタジー世界だったけど、ここは結構なカルチャーショックを受けた部分。

まあ、翼《つばさ》の他にちゃんと足が四つあったり、頭に角生えてたり、その辺りの造形は、もともとイメージしていたドラゴンそのものなんですけどね。

しかもドラゴンの毛って、これがもうめちゃんこ手触《てざわ》りがいい。すんごく柔《やわ》らかくて、滑《なめ》らかなのだ。その上ほんのりぽかぽかした、お日様のいい香《かお》りがする。

ちょうど今お世話させていただいている通常サイズの竜様も、素晴《すば》らしいもふもふだ。だが、実はさらにこれより上のもふもふまで、この世界には実在する。

竜って年を取っても毛並みの美しさが維持《いじ》されるのに、体はどんどん大きくなっていく。で、最終的にはゾウよりでかいもふ生物にお育ちになる。

しかもおじいちゃんおばあちゃん竜は大体温厚《おんこう》なので、ちょっと繊細《せんさい》な若竜と違《ちが》い、一番もふみあふれて柔らかいところ――そう、ＯＮＡＫＡ！　をお触りしても！　怒《おこ》られないのだ‼

何ならもふもふポンポンに呼吸を乱しながら全身うずめる乱行をかましても、「それって楽しいのか、若人《わこうど》よ」って目で不思議そうに見下ろしてくるだけ。超《ちょう》楽しいです。いやだって元いた世界じゃこれはできなかったもの。殺人毛玉を全身で吸える尊み大爆発《ばくはつ》大顕現《けんげん》よ……！

「きゅうっ！」

ハアハア……いけない、うっかり思い出しただけで正気を失いかけた。現実の美もふ様、睨《にら》まないでください。下僕《げぼく》、ちゃんと仕事しますので。

まずは翼の付け根。背中をまんべんなく撫《な》で回し、お尻《しり》からしっぽはさらっと。いったん首の方に戻《もど》りまして、ああ本当にこの、見てこの流線、やっべー超やっべーの、そして信頼《しんらい》して下げていただいた頭の耳の後ろ……そうここがお客様のお気に入りです、下僕、存じ上げてますよ。下僕の手はこのために使わせていただきますよ！

「きゅーん……♥」

ここかい。ここがええのんか。うりゃうりゃ。ハアハア、マジお客様いい体してますよね、ハアハ……いかん！　保て平常心。

たまに己《おのれ》の内なる欲望と闘《たたか》いつつ、強すぎず弱すぎずなマッサージハンドを心がけていると、美竜様は心地《ここち》よさそうにうっとり目を細め、まもなくすやすや寝息を立て始めた。

我、異世界来たりて悟《さと》りの心を知る。ここに宇宙の平和と調和があるんだよ……。

「サヤ、いるか？」

「おら出てこーい、昼飯だぞー」

「サヤさん、お昼ご飯持ってきたので、ご一緒《いっしょ》しましょう！」

お、ちょうど美竜様すやすやタイムに、私を呼ぶ声が。

本日お世話している白竜様は非常に可愛《かわい》らしいお嬢《じょう》さんなんですが、満足するまで放してくれない、ちょっと困ったところもあるお方でして。だがそこがいい、げへへぐへへ。人間だと困る独占《どくせん》欲《よく》も、もふ竜様から向けられるならただの至福よ。下僕が影《かげ》分身して同時並行でお世話できないことだけが、ちょっと申し訳ない。

私はよだれを拭《ぬぐ》ってから、素早《すばや》く廊下《ろうか》に顔を出し、しーっとジェスチャーする。美竜様は一度寝るとなかなか起きないが、万が一起こしてしまった場合ご機嫌《きげん》を直していただくのが大変なのだ。

私がどの部屋にお邪魔《じゃま》しているかすぐにわかった竜騎士《りゅうきし》団の皆《みな》さんは、すぐに心得顔になり、声を出すのはやめてニコニコ手招きする。一番若い見習いの少年は、抱《かか》えているバスケットを持ち上げて見せてくれた。今日もたっぷりだ！

私はいそいそと合流し、本日のランチ会場についていく。

「サヤ、わがままなグリンダの相手は大変だったろう。気疲《きづか》れしていないか？」

「大丈夫《だいじょうぶ》です、むしろちゃんと好き嫌《きら》いを態度に出してくれるので、やりがいがありますよ」

「おっ、それじゃ達成感のおかげでごちそうがよりおいしくなるな。今日はなんだと思う？　当ててみろよ」

「んー……サンドイッチですよね？　卵かな、ハムかな、お魚かな。それともジャム……」

「ふふっ……サヤさん、すっかり腹ぺこですね。大丈夫、全部ですよ！　お野菜のピクルスもついてるんですって」

「わ、やった！　嬉《うれ》しいなあ」

しっかり者の団長さん、兄貴分の騎士、そして初々《ういうい》しい見習い君。

竜騎士って顔面で採用されてるんですか？　とか思ってしまったぐらい、皆まあ麗《うるわ》しい容姿をお持ちなので、本当毎日目が幸せ。ついでにこのように皆優《やさ》しく気遣《きづか》ってくれるので、異世界来てよかったなって毎日噛《か》みしめている。

最初は好待遇《こうたいぐう》すぎて若干《じゃっかん》疑心暗鬼《ぎしんあんき》にもなったけど、幸せは誰《だれ》に恥《は》じるものでもなく、幸せだって言っていいものなんだ。

お父さん、お母さん。日本で非業《ひごう》の死を遂げた扱いになってたら本当にアレなんですが、そんなわけです。

もふもふとイケメン竜騎士の皆さんに囲まれて……私、結構楽しく、異世界暮らししています！

一章　異世界——すなわちもふもふとの邂逅《かいこう》。あとイケメン

ちょっぴり時を遡《さかのぼ》って、異世界に来たときのことを思い出してみる。

元の場所——いわゆる現代日本という所での私は、三十過ぎて、失望もなければ、大望《たいもう》もなし。そんなごくありふれた日本人だった。

貯金はそこそこ、彼氏《かれし》はいない。都内のワンルームにてお一人様を満喫《まんきつ》中。

ある日、気晴らしにコンビニで甘《あま》い物でも買おうと思って家を出た。そしたら異世界に落ちた。感覚的には、マンホール開いてるのに気がつかずそのまま踏《ふ》み出して、すとーん、みたいな感じでしたね。

ええーこの死因はないわーどういう引きよ、年末の宝くじは当たらないのにな！

って思いながら意識を飛ばしたら、次に起きたとき、青い空を見上げてた。

あれ？　草むらに大の字？　なんぞ？　って混乱しながら見回したら、なんか外国の騎士《きし》っぽい格好《かっこう》をした人達《たち》が、こちらを困った顔で見ている。

……ってなんだね君たち、どいつもこいつも顔面がどちゃくそにいいな。びっくりして一気に覚《かく》醒《せい》したじゃないか。

さて、目が冴《さ》えたらなんとなく状況《じょうきょう》がわかった。たぶんこれ、二次元でN回見たあれだ。実際にマジで異世界来ちゃったのか、そんな感じの夢を見ているのかは、ちょっとまだわからないけど。

しかしそうかあ、ついにアラサーも選ばれし異世界行きの切符《きっぷ》を手にしちゃったかあ。ちょっとわくわくしながら見下ろしたら、これでもかというほどの油断満載普段着《まんさいふだんぎ》が目に入る。オゥジーザス、ちょっとコンビニに行くだけのつもりだったからね……ジーンズはともかく、ネタで買ったダサTシャツと共に転移かーそうかー。

こんなことなら、ばっちりメイクきめて一張羅《いっちょうら》に身を包み、避難《ひなん》グッズと共に家を出るのだったよ。いや、ジーンズはね、動きやすいからいいと思うんだけど。

さて、そんなことより村人……いや騎士様第一号との異文化交流だ。

パン、と頬《ほほ》に手を当て気合いを入れ直す。

異世界転移と来れば、次のお約束は世界救済、あるいはモブトリップ。まあ他にも色々テンプレのパターンはあるけど、この、普通《ふつう》に考えたら需要《じゅよう》のないアラサーが召喚《しょうかん》?されるなら、大体そのどっちかでしょ。

さあ来い、アラサーに聖女プレイをご所望か！　それとも女子高生の壁《かべ》役をつとめろと言うのかね、いいとも黒髪《くろかみ》美少女を出したまえ！　かわいこちゃんはどこですか！

気合い入れて身構えると、騎士の皆《みな》さんのうち、金髪碧眼《きんぱつへきがん》の男性……いかにも王子様という風情《ふぜい》の男性が口を開く。

「その、寝起《ねお》きに大変申し訳ないのだが……そもそもこちらの言葉は通じているか？」

「………。あ。えと。うん。あ、あ、めっちゃわかります、大丈夫《だいじょうぶ》です」

「そうか。ではどこか痛む場所は？　気分は悪くないか？」

「あっ、あっ、その、えっと、全然大丈夫です、ピンピンしております……」

神よ、異世界は優《やさ》しさでできていた。言語の壁がない上に最初の遭遇《そうぐう》相手が体調を気遣《きづか》ってくれる系美男子というイージーモードで本当にありがとう。ピチピチ十代ならともかく、アラサーで一から言語習得やり直せは、正直しんどいですからね。

まあこの後 掌《てのひら》返される準備もちょっとはしておきますけどね！

しかし、見た目日本人じゃない人が流暢《りゅうちょう》な日本語しゃべり出すって、一瞬《いっしゅん》頭が処理落ちする。おかげで記念すべき異世界交流第一声が、どうあがいてもコミュ障になってしまったな。もっとコンビニ店員さんと練習しておくべきだった。

さて、ひとまず意思疎通《そつう》が可能である確認《かくにん》が取れると、あちら側にもほっとした空気が流れた。今度は髪《かみ》の色が濃《こ》くて、ギルド的な場所でマスターとか親父《おやじ》さんとか呼ばれてそうな、男気溢《あふ》れるマッチョメンが口を開く。

「元気だってんなら何よりだな。んで、次は何から聞いたもんかねえ……嬢《じょう》ちゃんあんた、状況はどんぐらい理解できてる？」

「あぅっ、えっ、あっあっ、その……たぶんここが異世界で、私は転移してきたのかなって、思ってましゅ……」

「わあ、やっぱり訪問者様なんですね！　すごいや……！」

手を合わせて喜ぶのは銀髪《ぎんぱつ》の美少年。一行の中で一番軽装に見えるし、どう見ても年下だ。彼《かれ》はこう、騎士の見習いというところではなかろうか？　などと推測する。

しかしいかにも陰《いん》キャなしゃべり方をしてしまった上に噛《か》んだ。本当、コンビニ店員さんともっと交流を深めておくんだった。

それにしても〝訪問者様〟か。

たぶんさっき美少年が漏《も》らした言葉が、この世界での転移者を表す言葉なんだろう。言葉があるってことは、同時代かはともかく、先人がいるような世界だってこと。

ここでもイージーモードでありがとう神様。そしてそろそろ、この美男子一行の正体と当面の私との関係性も、探《さぐ》っていかねばなるまいな。

「あの、その、差し支《つか》えなければ、皆様《みなさま》はどういったお方なのか、伺《うかが》っても……？」

「すまない、まず最初に言っておくべきだった。私はアーロン。エルステリア王国竜騎士《りゅうきし》団の団長だ。ここには訪問者殿《どの》を保護する任務で来ている。あなたのお名前を聞いてもいいだろうか」

「あ、えっと石井《いしい》……じゃなくて、沙耶《さや》です。名前はサヤ」

よし、まずは王子様っぽい金髪の人がアーロンさんね。サヤ、覚えた。

しかし、ふう、しばらくは話し始めに「あ」をつけないとしゃべれない呪《のろ》いから解放されなさそうだぜ。困ったもんだな。白目。

そして私の耳は更《さら》に聞き逃《のが》さなかったぞ。竜騎士団！　やっぱりファンタジーワールドならいてほしいよね、ドラゴン。そして竜騎士を名乗るからには、がっつり騎竜してほしいよね。たまに名前に竜ついてるだけで、実際に乗るわけじゃないパターンもあるからな。

しかしそうかあ、ドラゴン……へへへ、剣《けん》と魔法《まほう》とドラゴンかあ……。

「へえ、訪問者って魔法のない世界から来るって聞いてたが、嬢ちゃんはドラゴンのことまで知ってんのか？」

マッチョメン騎士が首を傾《かし》げて呟《つぶや》いている。

あれえ、今これ思考だけしてるつもりだったけど、うっかり途中《とちゅう》から口にも出してたパターンかな⁉

彼らは今のところものすごく友好的だけど、ここは異世界なのだ。ちょっと非日常にテンション爆上《ばくあ》がりで、意識弛《ゆる》みすぎているかもしれない。しっかりしないと、私。

「団長、竜のことをもうご存じなんだったら、ここに呼んでも大丈夫なんじゃないですかね。その方が移動速いし？」

私が反省している間に、美少年が朗《ほが》らかに王子――アーロンさんに言っている。

おおう、なんと、早速《さっそく》竜とご対面ですと⁉　このイケメン集団、マジで騎竜できるタイプの竜騎士の皆さんだったのですか。そして今から異世界らしさと言っても過言ではない要素の一つ、ドラゴンさんに会えると！

私がめちゃくちゃわくわくしていると、アーロンさんは美少年に頷《うなず》き、笛のようなものを取り出した。他の騎士達も同じように構え、一斉《いっせい》に音が鳴る。

まもなく雲一つない空の青に、別の色が混じった。白、赤、黄、グレー？　あとは青……結構カラフルな集団が、まもなく羽音を立てて地上に舞《ま》い降りる。

四つの足に翼《つばさ》を持ち、大きな体で空を飛ぶ。頭には立派な角。

確かにやってきた生き物は、竜に違《ちが》いない。

けれど私は目をガン開きにして、放心しかけていた。

(毛がある……めっちゃモフモフしてるじゃん‼)

――ちなみに後日聞いたところ、竜っていきなり大きい音を出すの、駄目《だめ》な生き物らしいので。

このとき叫《さけ》ばずに心の中だけで絶叫《ぜっきょう》を済ませた私、ちょっと偉《えら》かったと思うんだ。

ドラゴンはファンタジー世界最強の動物である。単純な武力的な意味でも、魅力《みりょく》的な意味でも。

少なくとも私の中ではそうだ。

だって竜って、かっこよくてかわいくて、造形が完成されてるだろうが！

次点でペガサスも捨てがたいと思います。グリフォン等もいいですね。心が躍《おど》ります。

わかりやすくお前が騎乗《きじょう》できそうな四本足両翼《りょうよく》生物萌《も》えなだけじゃんとかいう突《つ》っ込《こ》みは、永遠にしまっておいてください。

生物の都合上、その骨格は無理です、だと？　馬鹿野郎《ばかやろう》が！　そこをなんとかするのがファンタジーパワーだろうが‼　貴様はロマンを何もわかってねえ‼

ぜえ、ぜえ、ハッ。いかん、オタクはすぐ自分の推《お》しジャンルを語り出す。

ともかく、ただでさえ完成されている最強生物に、この世界では更にもふもふオプションまでデフォルト装備でついてくるらしい。

「よしよし……いい子だな」

そしてそんなもふ竜達が、きゅーきゅー鳴きながらイケメン騎士達と戯《たわむ》れている。

なんなのだこれは？　私の転移担当神、神ってない？　どうしたの？　大盤振る舞い《おおばんぶるまい》なの？　期末で予算余ってるから、適当なモブにも惰性《だせい》でポイントつぎ込んでるんじゃないの？　なんだっていい。神様の鑑《かがみ》は、顧客《こきゃく》が本当に必要だったものを完全に理解している。逆に私以上に私の性癖《せいへき》を理解してピンポイントに撃《う》ち抜《ぬ》いてきてる感がちょっと怖《こわ》い。これ以上変な業《ごう》に目覚めたくはないのですが。

「ええと……サヤ？　と、呼べばいいのだろうか」

「ハイ、モンダイ　ゴザイマセン」

「そうか。今まで竜に触《ふ》れたり、乗ったりしたことは？」

「イエ、マッタク。ミケイケン　デス」

「では、まずは挨拶《あいさつ》からだな。ゆっくり近づいて、手を出してくれ」

「サー、イエッサー」

私特攻《とっこう》生物こともふ竜様の出現に、思わず答える声がカタコトになっているが、竜騎士団長アーロン氏の指示にはちゃんと従う。

アーロン氏の担当竜?は、白……いやピンク寄りの色合いの毛並みなのかな。なんとなくシャープというか、凜《りん》とした顔立ちをしていらっしゃる気がする。可愛《かわい》い要素より美人要素の方が強いよね、的な。

そんな美人竜様は、アーロン氏に呼ばれて寄っていった私をじっと見下ろしてから、「きゅう」と一言のたまわれた。

は？　きゅうってなんなの？　かわいいじゃねえか、お前様は神かよ……。

「問題ないらしい。城まで乗せていってくれるそうだ」

アーロン氏が竜の態度に補足するように言う。

しかしこれ、もしかしてあれですか。竜騎士の皆さんには、ちゃんと竜の言葉が人間の言葉的な何かで聞こえてる的な。アーロン氏、絶対担当竜と会話してるもん、この感じ。

私の担当神よ、今まで散々優遇《ゆうぐう》してもらっておいて、贅沢《ぜいたく》を言っているのは重々承知しておりますが。私にもその特典、欲《ほ》しかったなあ……。

いやまあ、きゅーきゅー言ってるのしか聞こえないの、これはこれで可愛いからいいけども。

そんなこんなで私はアーロン氏の担当竜、グリンダ様に乗せてもらうことになった。

美人さんだなーって思い続けてたけど、やはりというか何というか、女の子だそうです。

ファースト美少女やったぜ。あと毛並みが今まで触《さわ》ったどのもふみよりも吸い付く滑《なめ》らかさで、ちょっとこれどうしてくれるんですか、これ以上私を狂《くる》わせて何がしたいんだ、異世界よ。永遠に触ってられる。実際やらかしたらたぶん怒《おこ》られるので、自制心を総動員して常識的な範囲《はんい》で撫《な》で終える。

しかしそんな大興奮も、初のフライト経験で割とシュンッと引っ込んだ。

いや、最初はアドレナリン?がバンバン出てたからそうでもなかったけど、ちょっと時間が経つとね。人間って冷静になっちゃう生き物なんだな。

(わー私ドラゴンに乗ってる、もふもふドラゴンに乗ってる、わーい！)

とか調子乗ってふと視線を下げちゃったらね。高さが高いわけよ。

（あ、これは今落ちたら確実に死にますね？）

ってすぐに現実がわかるわけですよ。脳内に流れていく、夏の風物詩スイカ割りのイメージ。

ついでにそう、乗せていただいた竜のサイズ感がね。人に比べたら全然大きいし、二人乗りぐらいであればまだまだ余裕《よゆう》そうではあるのです。でもこう、ふって見下ろしたらね。足下《あしもと》がね。見えはするわけですよ。

高所恐怖症《きょうふしょう》って、人によって駄目ポイント違うじゃないですか。私の場合、足がつかないかつ足下ふわふわ状態が目視できるって状況が揃《そろ》うと、駄目だったみたいです。

現代日本のヘリコプターとか飛行機はさ。浮遊《ふゆう》感があっても、足下がこう、ちゃんとした地面感出てるじゃないですか。おまけにシートベルトがありますし。だから大丈夫だったんですよね。

異世界に来て知った、己《おのれ》の新たなる弱点。

正直、騎竜を舐《な》めてましたね。情熱があれば全部解決するような錯覚《さっかく》があったけど、怖いものは普通に怖かった。

むき出しの生身、寒すぎる上空、そして速さ。行くというかもはや逝《い》く。

なんかたぶん、ある程度は魔法の保護みたいのがあったのでしょうけど、さすがの私でも死を覚《かく》悟《ご》しましたね。

実際、降りた直後、飛行機酔《よ》いの酷《ひど》い版みたいな症状《しょうじょう》が出ちゃいまして。気持ち悪いし、地面についてもゆらゆら感が全然消えない。

でも根性《こんじょう》で、ギリギリ乙女《おとめ》の尊厳は保ったぞ。公開リバースだけは避《さ》けた。うん。

乗る前はめっちゃ余裕そうだったのに、降りた直後から体調不良マックスで、竜騎士団の皆さんがめちゃくちゃ慌《あわ》ててる気配を感じたよね。

本当に申し訳ない。行けると思ってたけどそうでもなかった。

目的地に着く頃《ころ》には結構余裕がなくなっていたから、正直周りがどうなっているかの観察も全然できなかった。

バタバタ行き交《か》う足音があって、どこかの部屋に担《かつ》ぎ込まれたことは覚えてる。その後、たぶん体調不良の限界と、あ、寝ていい場所に来たって緊張《きんちょう》が緩《ゆる》んだせいで、ふつっと一回意識が途絶《とだ》えた。

◇◇◇

朝です。乗り物酔いからの寝落ち後、お目覚めはめちゃくちゃすっきりしてます。異世界生活二日目突入《とつにゅう》でございます。

昨日あったこと。イケメン騎士団ともふもふ竜に遭遇したよ。以上！　なんてこったい。

普通もっと色々あった末に、ドキドキして眠《ねむ》れないとかそういう感じになるだろうに、まさかの乗り物酔い落ちというね。しかもグロッキー由来でぶっ倒《たお》れた割に、起きてみれば気持ち悪いほどの気分爽快《そうかい》っぷりである。

どのぐらいすっきりしているかというと、寝起きに見慣れない天井《てんじょう》を見上げて、「そうだ、私異世界来て、あやうくゲロ女になるところだったんだ」と瞬時に思い出せる程度に、頭の冴えも絶好調なのである。

昨日の醜態《しゅうたい》の記憶《きおく》から導き出される結果は、二日酔いとか無計画な徹夜《てつや》の翌日模様なんだけど、体はピンピンしてるってのが、また……どういうテンションになればいいのか測りかねるコンディションだな。

「まあ、訪問者様、お目覚めですか?」

私が「まあ何にせよ、やらかしたことは事実ですよね……」と目を遠くしていると、ちょうど部屋に入ってきた女性が声を上げた。

そうか、この人の入室前のノック音で目が覚めたんだ。

体を起こして見てみれば、いかにもメイドさんという格好の美女が頭を下げてくれる。

「お初にお目にかかります。訪問者様の当面のお世話を担当させていただきます、マイアと申します」

「あ、ご丁寧《ていねい》にどうも……私、サヤと申しますので、そのように呼んでいただければ……」

「ではサヤ様とお呼びしても?」

「はい、よろしくお願いします、マイアさん」

外国人顔の人って正直年齢《ねんれい》わからないところあるけど、マイアさんは、私と同年代か、もう少し下ってところかな?

いかにもしっかりしていそうな美人のメイドさん（もしくは侍女《じじょ》さんって呼ぶのかな？）をつけてくれるだなんて、相変わらずこの異世界は初級者向けイージーモード感が半端《はんぱ》ない。

マイアさんは簡単な自己紹介《しょうかい》を済ませてから、じっと私の顔を見て、微笑《ほほえ》んでくれる。おう、いかにも真面目《まじめ》な仕事人という見た目のお方ですが、自然な笑顔《えがお》もよくお似合いですね！

「顔色が随分《ずいぶん》よくなられたようですね。ようございました。昨晩は本当に、真っ青でいらっしゃいましたから」

「あっ……その節は本当に、ご迷惑《めいわく》をおかけしました……」

私にはいささか都合の悪いことをちょっと思い出してしまった。

そうだ、昨日、竜騎士団の皆さんが地上に降りてから、慌てて呼びに行って連れてきたのが、確かこのマイアさんだった。

それで、いかにも高級そうな寝室《しんしつ》に担《かつ》ぎ込まれた後、背中をさすってくれたり白湯《さゆ》なのか薬湯なのかよくわからないものを飲ませていただいたり、それはもう手厚く色々とお世話いただいたような記憶が……。

イケメン騎士の皆さんよりは、メイドさんにしていただいた方がまだ心理的ダメージが少ないかな。いやどっちにしろ心が泣いてるわ。辛《つら》い。空の旅を舐めすぎていた。乗り物酔い船酔い、あんまりない方だったしなあ……。

「いえいえ！　こちらこそ申し訳ございません。訪問者様がいらっしゃるのは久しぶりですから、こちらも不手際《ふてぎわ》が多いかと思われます。ご気分が悪くなったら、我慢《がまん》せずすぐにおっしゃってくださいね」

マイアさんは明るくそう言ってくれた。優しさが染《し》みる。部屋のカーテンが引かれたせいか、朝日のまぶしさも染みる。

この世界、季節とか気候は、どんな感じなんだろう？　空の旅はめちゃくちゃ寒かったけど、そういえば今は割と適温状態に感じる。

あれこれと疑問が浮《う》かぶけど、まずは朝の支度《したく》だろう。

マイアさんがてきぱき朝の準備を進めながら教えてくれることには、どうも朝食後に、改めて色々異世界の説明をしてもらえるらしい。そうと決まれば、きびきび起きねば！

まずは洗面所のご案内をいただいて、水回りの用事を済ませる。

おう、この異世界、水回りも綺麗《きれい》だな……というかトイレの構造も、知ってるものとそんな大差ないな。水洗式でレバー下ろせばじゃーって流れるあれ。マジか。現代日本基準の衛生面すらクリアしてくるのか。しゅき。

でもやっぱり置いてあるものがいちいち高そうで、そこはちょっと庶民《しょみん》の心臓に悪い。鏡とか、うっかり触って手の痕《あと》とかつけたら、めちゃくちゃ怒られるやつじゃん、これ……。

そういえば私の装備、ダサTシャツとジーンズからネグリジェみたいな格好に変わっている。

これもグロッキーで意識朦朧《もうろう》としている間に、マイアさんが変えてくれたような記憶がほんのりあるな。その時は他にも、何人かメイドさんがいたような気もする。この後また、会えたりするのだろうか？

……あ、今更だけど、コンタクトないのに、めちゃくちゃ見えてる。これも転移者特典的なものなのかな？　なんかここまで来ると、逆に怖くなってくるぞ、手厚さが！　私の担当神、気を利《き》かせすぎじゃないかな！

「サヤ様、こちらにお着替《きが》えをご用意してございます」

水回りの用事を済ませてベッドのある部屋に戻《もど》ってくると、マイアさんがにっこり笑《え》みを向けて聞いてくる。

……ハッ！　そうだ異世界初着衣イベントじゃん！　これはもしかして、アラサーのコルセットドレスデビューですか⁉

ドキドキする私に手渡《てわた》されたのは、上等なワンピースって感じのお洋服でした。

ほう。なるほどね。動きやすいし、たぶんこれぐらいなら、自分でも着られるな。

……うん。いや、全然いいよ。さすが私の担当神、衣食住の衣も外さないなって、感心してますよ。デザインも色合いもね、若すぎず年上すぎず、まあこのぐらいかなって感じで、もう本当完璧《かんぺき》です。

でもちょっとだけ、ほんのちょっとだけね。がっつりばっちりドレスをご用意いただいて、姫《ひめ》プレイを強要されてもよかったような……。

なんだろう。やっぱり異世界に来たせいで、テンションおかしくなってるんだな、私。乗り物酔い継続《けいぞく》中か？　しっかりしようね。うむ。

所々マイアさんに手伝ってもらいつつ、無事着替えとお化粧《けしょう》も済ませられた。

これも今更感半端ないけど、やっぱりできるのであれば、すっぴんはね！　化粧水と日焼け止めぐらいは欲しいよね。この世界に紫外線《しがいせん》の概念《がいねん》あるのか、よくわからないけど。

さて、異世界の衣と住の本気っぷりは見せつけていただいた。

次はいよいよ食事情に挑《いど》もうじゃないの……！


諸事情込んだ結果、本日の朝食はこの部屋に持ってきてくれるらしい。わくわくどきどきしながら、お料理を取りに行ったらしいマイアさんを待つ。

さて、私は意識の低いアラサーである。現代日本にいた頃の朝食は、まあゼリーとかバナナとかパンとか……お察しください、そんな感じです。

いや、だって、ほら。朝からがっつり行く元気がないってわけじゃないけどさ。一分一秒でも多く寝ていたい時間帯に、準備と片付けの手間暇《ひま》を考えたらね。自然と、パッと剥《む》いてパッと残骸《ざんがい》をゴミ箱に放《ほう》り投げて、後顧《こうこ》の憂《うれ》いなく行ってきまーす！　ってできるようなメニューにさ、最適化されていくのだと思うのだな。一人暮らしだと特に、自分でなんとかするっきゃないわけだし。

まあ何が言いたいかといえば、食に対する意識がこんななので、朝食も何が出てこようが大体喜べる自信があるということなのだ。どんとこい異世界料理。

……あ、でもさすがに、いきなり「歓迎《かんげい》の高タンパクだよ！」とか言って、グロッキーな見た目のものとか持ってこられたら、ちょっとそれは厳しいかな……。

どうなる、異世界料理。

今までの流れからして、どうあがいてもおいしいの出てくるでしょ、とかめっちゃ油断してるけど、ここで特大の落ちが来ない保証なんてない。メシマズ異世界、あるあるです。料理に何の問題なくても、日本人って相当美食家らしいから、好き嫌《きら》いないと本人は思っていても案外えり好み激しかったり、なーんて……。

「サヤ様、お待たせしました」

さっきとは別の意味でドキドキし始めた私は、マイアさんの持ってきたお皿を前にごくりと喉《のど》を鳴らす。

おお、なんかあの……なんて言ったっけ、お皿に被《かぶ》せるさ、丸い形のちっちゃいドームみたいな蓋《ふた》……アレがある。駄目だ、スマホに慣らされたアラサーは固有名詞に弱い。名前がついに出てこねえ。まあとりあえずの用途《ようと》がわかれば別にいいんだけど。

ともあれ、マイアさんが音もなくそれらを私の前に置き、そしてご開帳……！

「…………………」

「えっと……昨日がお辛《つら》そうでしたから、台所と相談して、なるべくお体に合いそうなものをお持ちしたのですけれど……お気に召《め》しませんでした？」

「め、滅相《めっそう》もない！　大丈夫です、とっても大丈夫です！　ただちょっとこう、パンみたいなものが出てくるかなって予想していたので——」

「まあ、わたしとしたことが……パンの方がよろしかったでしょうか？　今からお持ちしましょうか？」

「い、いえいえ、これで！　このまま食べますので、ダイジョブ‼」

いやね。マイアさんを慌てさせてしまって申し訳ないけど、がっかりしてるわけじゃないんだ、本当に！

なんで思わずフリーズしてしまったかって、あのね。初の異世界料理が、まさかのね。

「えっとマイアさん……これっておかゆ、ですかね……？」

「はい、オカユです！　やはりご存じなのですね？　過去にいらっしゃった訪問者様にも好評のメニューだったとお聞きしたので、ご用意させていただいたのですけれど」

「お、おおう……先人様……！」

オカユ。なるほど。先人転移者がいる旨《むね》は既《すで》に察していましたが、その方、食文化の開拓《かいたく》などもなされたのでしょうか。なるほどね？

まあ、バリバリ和風というわけではなくて、温野菜と鶏肉《とりにく》入りかな？　お米の感じとしては、リゾットに近いかもしれない。

とはいえ、てっきり小麦粉由来系の何かが出てくると思っていたところに、早速米が出てきたので、またも脳が一瞬処理落ちしてしまったというわけだ。

もふもふドラゴンといい、ちょいちょい「お客様が本当にご希望の商品はこちらですよね！」って右ストレートをぶっ込んでくるところありますよね、この異世界。

さて、お味のほどはいかに……。

「いただきます……」

手を合わせて、いざ！

む。ふむふむ。おお……。

慣れ親しんだお米よりはちょっと固い感じで、やっぱり扱《あつか》い的にはリゾットに近いのかな。

でも、リゾットよりはもうちょっと水分多めな気もする。

全体的に薄味《うすあじ》仕上がりの優しい味付けだけど、これが喉に腹に染みて、ゆっくり体の内側に浸透《しんとう》していく感が、よき……。たぶん鶏ベースなのだろう、スープもいい感じ！

「マイアさん、とてもおいしいです！」

「まあ……！　良かったです、喜んでいただけて！」

待機しているマイアさんが心配そうにじーっと見つめてきたので、思わず力強く親指を立てて感想を伝えた。

ちょっと予想していたのとは別ベクトルだったけど、やっぱり私の担当神はできる子のようだ。食にも抜かりなかった。

昨日からずっと至れり尽《つ》くせりが継続中なので、そろそろこの後、転移者が複数名密室に集められて、「君達には今から殺し合いをしてもらう」とか、言われたりするんじゃないかなって。流れ変わったな案件になるんじゃないかなって、じわじわ怖い部分もあるのですけれども。

まあ、いいか。ここまで贅沢させてもらったのだから――やー、でも、やっぱりデスゲームは嫌《いや》だな。せっかくもふもふドラゴンとも出会えたのに……。ずっとこの平穏《へいおん》な空気でいてほしい……頼《たの》む……。

そんな私の妄想《もうそう》は杞憂《きゆう》に終わったようだ。何事もなく、朝食も無事に完食した。

おいしかった！　なんだか更に生き返った気持ちだ。

食後の片付けをてきぱき済ませたマイアさんは、私の格好を改めて点検し、軽く髪や襟元《えりもと》など直してくれる。

「それではサヤ様。今から殿下《でんか》のもとにご案内いたします」

へー、でんかねー。把握《はあく》しました、オッケーです！

………………。うん？

殿下？　そんな人、いましたっけ？？

◇◇◇

「サヤ、体調はどうだ？　昨日はどうやら、随分と無理をさせてしまったようだが……」

殿下イズ何者、と身構えていた私は、案内された先（なんか見た感じ応接室っぽい雰囲気《ふんいき》だ。引っ立てられる先は玉座の前か白州《しらす》かって一瞬警戒《けいかい》してたから、これもちょっぴり安堵《あんど》）で待っていた人の顔を見て、ほっと息を吐《は》き出した。

記念すべき異世界遭遇者第一号、なんちゃら王国竜騎士団長のアーロン氏——だったはず。

「アーロンさ……アーロン様。こちらこそ昨日はご迷惑をおかけし、申し訳ございませんでした。ちょっとこう、自分でもびっくりするほど酔ってしまったというか……」

「いや、我々の想像力が足りていなかったためだ。あなたは何も悪くない。それと訪問者殿は我《わ》が国の大事な客人だから、様付けは不要だ」

改めてアーロン氏を見てみると、まあいかにも偉い人って格好と雰囲気をしている。昨日はがっつり鎧《よろい》を身につけていたが、今日は室内だからかもうちょっとラフな感じだ。それでもこう、階級の高い軍人さんであろうことが一目で伝わってくる。

そんな雰囲気の人だから、呼びかけ方は迷った。一応この異世界はイージーモード仕様っぽいので、対応を間違《まちが》えたところで、不敬罪即《そく》手打ち！　にはならないと思う。とはいえ現地の人のヘイトを稼《かせ》ぎたくはないし、そもそも昨日既に一やらかしをしている身でこの上さらにタメ語しゃべれるほど、私の心臓強くできてない。

「ありがとうございます、アーロンさん」

騎士団長さんは笑みを返してくれた。金髪碧眼男子のスマイル、プライスレス。その横で、これまた見覚えのあるマッチョメン騎士がうんうん頷いている。

「訪問者には神様から加護が与《あた》えられるって話だったし、嬢ちゃん、ピンピンしてたからなあ。なんか流れで乗せちまったが、そうだよなあ。異世界来たばっかで即初めての竜移動は、ちとハード過ぎたよなあ」

「ちょっとバンデス。昨日からですけど、慣れ慣れしすぎますよ。相手は訪問者様なんですから、竜騎士らしくしてください」

「そうかあ？　ショウ、お前が大袈裟《おおげさ》すぎるんだと思うがなあ」

ふむ、マッチョメンがバンデスさん、美少年がショウさ……ショウくん？　というのだな。

バンデスさんは大柄《おおがら》で、騎士というよりか、蛮《ばん》ぞ……違う、傭兵《ようへい》っぽい感じがする。筋肉ムキムキお兄さんですね。団長さんより年上かな、どうだろう。

一方の美少年は、いかにも育ちのいいお坊《ぼっ》ちゃんという風情。そして圧倒的《あっとう》初々《ういうい》しさ。まだ十代後半と見たぞ。アラサーには素晴《すば》らしい目の保養だ。

「サヤ、この二人も紹介する。竜騎士のバンデスと、見習い騎士のショウだ」

「よろしくな、嬢ちゃん」

「よろしくお願いいたします、サヤ様」

「あ……よろしくお願いします」

順次紹介ありがたや。

昨日は他にも竜騎士の皆さんがずらっと並んでいたけど、いきなりばーって名前言われても、覚えられる自信がなかった。

これぐらいのペースで来ていただけると、私の記憶《きおく》力にも優しい。

「さて、サヤ。単刀直入に言うと、きみは異世界を渡《わた》ってきた訪問者だ」

「単刀直入というか、おさらいだな」

「団長に横やり入れない」

さて、いよいよ本題、異世界に来た私向け諸々《もろもろ》説明会に入るようだ。

アーロン氏がおもむろに話し始めると、早速バンデスさんが独り言のような茶々入れのような言葉を発して、ショウくんに小突《こづ》かれている。

「訪問者というのは、異世界からこの世界にやってきた人間だ。昔は不安定な世界の歪《ゆが》みを正すために、神が遣《つか》わされるとか言われていたらしいが……ここ最近は大きな争いもなかったためか、訪問者の訪《おとず》れは記録されていない。前回の出現は、もう百年も昔のことになる」

なるほど……必要に迫《せま》られて召喚しましたというより、勝手に来るって感じなのかしら。しかも前回の転移者は百年前と。

……あれ？　でも、私が転移した場所って街中とか人のいる場所じゃなく、適当な草原的な場所だった気がする。なのに彼らはすぐに私を迎《むか》えに来た。あれってどういうことなんだろう？

「しかしなあ、天文協会の連中が『訪問者様が来る！』とか言い出した時にはよ、まあどうせ誤報だろって思ってたんだが」

「念のため保護に向かって良かったですよね。サヤ様がいらっしゃったあの辺り、人も害獣《がいじゅう》もいない地域で、ちょっと水場も遠いですから。危ない連中に襲《おそ》われるってことはなかったと思うんですが……とにかく、早めにお会いできて良かったです」

またもバンデスさんが声を上げ、今度はショウくんも同意している。

ふむ、転移者の人為《じんい》的召喚はないって文脈だったと理解しているけど、来たこと自体はわかる仕組みでもあるのかな？

「天文協会という組織がある。まあその名の通り、基本的には星読みをしている連中なんだが。星を見ていると、訪問者の来るタイミングも、ある程度わかるのだそうだ。訪問者は場に存在するだけで、こちら側の人間に恩恵《おんけい》をもたらす。一方で、蔑《ないがし》ろにすれば、こちら側の世界も荒《あ》れる。だから天文協会が訪問者の予兆を見つけたら、国はいち早く保護に動かなければならない」

「まあ、誤報のこともちょくちょくあるけどな」

「あくまで予測ですからね。百パーセント予報が無理なのは仕方ないんですけど、たまに当てるってことやられると、本当に心臓に悪いです……」

転移者は天気か何かなのかい。

なるほど、それで私が目覚めるタイミングで皆さんあの場に来られたし、あの若干《じゃっかん》困ったような空気が流れてたってわけですね。

あとやけに私に対する優しみが溢れている理由もなんとなーく理解した。

あれだね。客人が福の神的なね。民話とかでよく見たやつね。それがもうちょっとがっつり信仰《しんこう》してる的なね。はいはい。

「サヤ。きみは間違いなく訪問者だ。だから当面はまず、私の保護下に入ってもらうことになる」

「こちらの世界にいきなり招かれて混乱もされているでしょうが……できる限り快適に過ごせるように、僕《ぼく》たちも協力させていただきますので」

「王子様の客人だからな。楽しめるぞぉ」

了解《りょうかい》です、ありがとうございます！　と頷いていた私は、またも「ん？」と首を傾げる。

王子様？　そういえばマイアさんが殿下とか言ってたけど。

言い出しっぺのバンデスさんに顔を向けると、彼はニヤニヤ団長アーロン氏を見つめている。

………。

あ、そういう？　王子様が竜騎士団長やってます的な、そういうね⁉

「こちらはアーロン＝クウィンテス＝エルステリア殿下。エルステリア王国第五王子であらせられる。頭《ず》が高いぞ庶民、控《ひか》えよ！」

「は、ははーっ！」

マッチョメン騎士バンデスさんは咳払《せきばら》いしてから厳《おごそ》かにそう告げた。

私はただちに平伏《へいふく》のポーズを取ろうとするのだが、慌てて駆《か》け寄ってきた美少年ショウくんに止められる。

「サヤ様、訪問者様がそのようなこと――バンデス‼」

「はっはっはっは。いやあ、嬢ちゃんノリ良さそうだからよ」

からからと笑うマッチョ氏に、他の竜騎士達が渋《しぶ》い顔をしている。特に王子殿下本人ことアーロン氏の表情が硬《かた》いの何の。

「別に嘘《うそ》をつくつもりはないが、わざわざ言うほどのことでもないだろう。王太子ならともかく、五番目だし」

「いやいやいや……竜騎士団長の方が本職って意識が強いのはいいけど、一応最初の方に名乗ってあげた方が、後々のこと考えれば優しさってもんすよ。団長……」

「そうですよ……団長が団長であることしか言わないから、見習いがいつ殿下って気がつくか、先《せん》輩《ぱい》達にニヤニヤ顔で一月見守られることになるんですよ……最初に言ってくださいよ、大事なことなんだから……」

「………？」

なんかよくわかってなさそうな顔のアーロン氏と、呆《あき》れ顔の部下二人。

特にショウくんはたそがれている。さては今漏らしてたの、当事者エピソードだな？

とにかく、バンデスさんの発言はちょっぴり心臓に悪かったが、アーロン氏……アーロン殿下が王子様であるとわかったのは良かった。

いやまあ、もともと真面目そうで育ち良さそうで、いいところの人なんだなってのは察してましたけれども。やっぱ王子様は、こう。王子様って肩書《かたが》きつく人を相手にするときはね、心構えがちょっと違うからね。

……今からでも、様付けに呼び方を直そうかな。

「私はもともと宮殿《きゅうでん》暮らしより外歩きの方が多いし、妙《みょう》に気を使われる方が鬱陶《うっとう》しい。殿下扱いはごめんだ。なので、サヤも私のことはただの竜騎士団長だと思って接してくれ」

アッハイ顔色読まれましたねこれは。アーロン＝サン。はい。わかりました。

しかし王子様をさん付けかあ……そっかあ……個人的異世界やらかしリストが順調に増えている気がするなあ……先に知ってたら絶対様呼びを死守したのにな……。

「団長、世界最強の武力を誇《ほこ》る竜騎士の団長な時点で、ただのは当てはまりません」

「そうですよ、団長は自分にも他人にも厳しすぎます」

そーだそーだ！　もっと言ってやれ部下！

なんかだんだん二人の茶々入れが心地《ここち》よくなってきたな。思ってること代弁してくれるし、補足入れてくれるし、二人とも別の種類のイケメンだしな。ここが天国かな？　いいえ、異世界です。

と、アーロン団長――さんとか様とか迷う時は団長付けが安定だなって気がしてきた――が、部下達の横槍《よこやり》でちょっとたるんだ空気を戻すべくか、咳払いする。

「……横道にそれた話を戻すが。異世界からの訪問者は、丁重《ていちょう》に扱うことが定められている。だからサヤは、私が責任を持って面倒《めんどう》を見よう。当分はこの城で暮らしてもらうことになる」

お、おう……雑談で忘れかけてたけど、そういえば今、異世界の説明とか私の処遇《しょぐう》とかの話をしていたのですものね。そっかあ、面倒見られちゃうのかあ……。

「最初はどうしても不便を強《し》いてしまうだろうが、許してほしい。きみがこちらに慣れてきて、我々も警備のやり方が確定できたら、もう少し行動範囲も広げられると思うんだが……」

「まあ、訪問者って前の世界でどんな暮らししてんのか知らねーけど、籠《かご》の鳥生活いやがって飛び出したら、外出先で危ない目に遭《あ》ったって記録もちらほらあるみたいでよ。そんなわけで、しばらくは部屋住みで辛抱《しんぼう》してくれや。なんかあればなるべく要望は酌《く》むようにするしよ」

「すみません……過去訪問者様がよく来訪されていた時代に比べれば、今の世の中は安全で平和です。だからこそ、サヤ様が久しぶりの訪問者と知れ渡れば、利用して悪いことをしてやろうという輩《やから》がいないとも限らないわけでして……ええと、かわりに三食昼寝付きは保証しますから！」

「それもどうなんだ、ショウ……」

私が「王子様に面倒を見られるアラサー……」と考え込んでいた顔が、どうもゆる軟禁《なんきん》生活に対する不満ととらえられたらしい。

三者三様に慰《なぐさ》められているが、まあ……私元々ひきこもり気質ですから、別にいいですよ、籠の鳥生活。魔王退治に行ってこいって旅に放り出されたり、着の身着のまま野に放たれたりするよりは、全然適性あると思うんで。

むしろ「そんなニートの駄目さに磨《みが》きをかけるプランニングで大丈夫か」って、この異世界の優しさを心配していたところですよ。

「えー……要するに、しばらくこちらにご厄介《やっかい》になるということで、よろしいのでしょうか？　そして私は久しぶりの訪問者ゆえ、今はまだ関係者以外に存在をおおっぴらにしない方がいいと。なので、しばらくはあまり部屋からも出ない生活を心がけるべき……そんな感じの理解で、合っていますでしょうか……？」

そっと片手を挙げて確認すれば、ほっとした空気が流れた。

「ああ、問題ない。ご理解ご協力感謝する。改めて、これからよろしく、サヤ」

アーロン団長が、握手《あくしゅ》の形に手を差し出してきた。

王子様と握手かあ……と挙動不審《きょどうふしん》になった私だったが、まあ大体こういう場で強く自己主張できる性格でもなし。向こうがやれって言ったのだから不敬判定は出ないはずって念じてから、大人しくこれからよろしく返しをしたよね、うん。

二章　ヒャッハー！　新鮮《しんせん》なもふもふだぜぇオルァ！

そんなこんなで、私の超絶《ちょうぜつ》快適客人引きこもりニート生活が始まった。

専属メイドさんにお世話をしてもらえるし、定期的に三種イケメンがご機嫌《きげん》うかがいに来てくれるし、これでいてくれるだけでいいって言うんだから何の文句があるはずもないよね。

……だが私は比較的《ひかくてき》すぐ、異世界ニート生活もそう甘《あま》くはないことに気がついた。

だってここにはネットがない。当然、まとめサイトも動画サイトもＳＮＳもない。

現代日本ではほぼほぼスマホの虫と化していたからこそ、無限に時間が消費できてたのだってこと。すっかり忘れていたぜ……！

「いかん……やることがない……」

ドンと来い軟禁《なんきん》生活！　と胸を張った数日後。情けなくも、私は早速《さっそく》、籠《かご》の鳥プレイに飽《あ》きていた。

どうしたサヤ、お前のニート力はその程度か！　ニート必需品《ひつじゅひん》装備が機能してなくてね……。

「しまったなあ。地球星の現代っ子は、人生の半分ぐらいをネット……というか、スマホで消費していたんだもんなあ」

思わずベッドにごろごろと寝《ね》っ転がり、すっかり頼《たよ》りにならなくなった、元携帯情報端末《けいたいじょうほうたんまつ》を取り出す。

私はコンビニに行く途中《とちゅう》で、異世界転移した。

装備品はダサTシャツにジーンズスニーカーと――スマホ、それだけだ。スマホがあれば、コンビニ決済だってできる世の中だったからね。マジでもう少し何か、せめて鞄《かばん》を持って家を出るべきだったよね。

ともあれ、唯一《ゆいいつ》の持ち込《こ》み品を活用しない手はない。異世界魔法《まほう》を駆使《くし》すれば、スマホの充電《じゅうでん》とて可能だった。

本当、何をどうしたらそうなるのかまるで私にはわからなかったけど、「つかぬことを伺《うかが》いますが、これにエネルギー充填《じゅうてん》って可能でしょうか……」って団長さんに見せたら、その場でやってくれたよね。

ハンドパワー充電。嘘《うそ》でしょ。目の前で実行されたんだよなあ。魔法の力ってすっげー……。

ともあれ、スマホの充電も可能なら、異世界生活、本当に楽勝じゃーん！　と意気揚々《ようよう》ロック画面を解除した私は、電波状況《じょうきょう》を見て「あっ……」と我に返った。

そらそうだ。異世界には、携帯会社もＷｉ－Ｆｉもないよね。

つなげるネットがなければ、伝家の宝刀もただの置物。ここまで全力でお膳立《ぜんだ》てしてくれてたから、ネットにも行けるんじゃないかって、なんとなく思ってた。駄目《だめ》なものは駄目でしたね。

まあ、オフライン利用する分には問題ないので、メモ帳を活用してみたり、カメラ機能使ってみたり、ダウンロード済みコンテンツを楽しんだりはしたわけですが……。

「やはりオンライン……オンラインでなければ意味がない……！」

しおお自分がしなびるのを感じる。

思えばネットって、逐次《ちくじ》リアルタイムに情報が更新《こうしん》されていくところが良かったんだなあ。ＳＮＳ浸《ひた》ってれば、大体ネッ友が誰《だれ》かしら反応してくれたし。

まあ一応こちらの世界でも、呼べばマイアさんはいつでも来てくれるし、竜騎士《りゅうきし》団の皆《みな》さんも空き時間？によく様子を見に来てくれはする。

でも、彼《かれ》らはまだ私にとって他人……と言ってしまうと乱暴かもしれないけど、とにかく気を使う相手なのだ。もらった寝室《しんしつ》も、めちゃくちゃ快適だけど、まだ自分の部屋というより借りているホテルって意識が強い。

当たり前のようにはしゃいで寝室を撮《と》りまくって、「異世界なう！」と押《お》した送信ボタンがエラーになったとき、急に現実を見たような気がした。

ほぼほぼなんでもある異世界。でも元の世界とは隔絶《かくぜつ》されている。思わぬ出来事でちょっぴりしんみりしてしまった……。

しかし、しょぼくれて終わるには早い。

こういう場合に打つ手は、と思いついた私は、マイアさんに本を読ませてもらえないか頼《たの》んでみることにした。

「本、ですか。こちらには図書館もありますので、お持ちしますが……」

マイアさんは快く応じてくれたが、ちょっと心配そうな顔になった。

私はすぐ、彼女《かのじょ》の微妙《びみょう》そうな反応の理由を知ることになった。

ずらっと並ぶ文字は、アルファベットに似ているが、見たことのないもの。頑張《がんば》ってローマ字読みできないかと思ったが、もちろんそんなこともない。

「そうか、異世界の自動翻訳《ほんやく》機能は、音声のみ変換《へんかん》タイプだったかあ……！」

大体イージーモード異世界だったがゆえに油断していたところ、立て続けにボディーブローを打ち込まれた気分である。これ、しかもあれだね。自動翻訳がゆえに、現地の言葉が脳内の言葉に簡単には結びつかないやつかもしれない。

ざっくり喩《たと》えると、現地の人は「ａｐｐｌｅ」って発音してるけど、私には「リンゴ」って自動変換されている。だけど文字上はａｐｐｌｅって当然書かれるわけだから、リンゴって聞こえてる私には聞こえている音と表示が合致《がっち》せず、「？？？」ってなり……みたいな。

たぶん異世界にはあるけど現代日本にはないみたいなワードが出てきたら、そのまま現地発音で聞こえるんだろうな。便利さがネックになるとは、驚《おどろ》きなり。

「申し訳ございません……宮殿《きゅうでん》の方であれば、訪問者様が遺《のこ》したとされる本もあったかと思われるのですが。こちらにはなくて……」

申し訳なさそうにマイアさんに謝《あやま》られてしまい、こちらの方が恐縮《きょうしゅく》する心持ちである。

ちなみについでで教えてもらうことになったけど、今私達《たち》がいる所は、王国内では辺境扱《あつか》いされている位置になるらしい。ざっくり北東。私丑寅《うしとら》から来た女なのか、大丈夫《だいじょうぶ》かよこの平和異世界に災《わざわ》いもたらさないだろうな……とちょっと複雑な気分になったよね。

王子アーロン氏は竜騎士団長であり、根っからの竜好きだ。宮殿暮らしが合わず、ほぼこの辺境の地でのびのび竜と戯《たわむ》れて過ごしているらしい。私の出現が天文協会とやらに予告されたとき、ちょうど近くにいたので様子を見に行ってこいと送り出され、今に至る……と。

ちなみに私がもらった部屋は、そんな辺境暮らしに慣れてない人が来たとき少しでもストレスを減らしてもらえるように作られた、特別なゲストルームなんだとか。なんかすみませんね……アラサーが占拠《せんきょ》してしまって。

さて、有能メイドマイアさんは、私が文字が読めないが本を読みたがっていると知ると、早速教師の手配をしてくれたらしい。しかも寝る前、物語を読み聞かせてくれるオプションまでついた。マジか。童心に帰る。地味にめっちゃ嬉《うれ》しいんだが。

そしてマイアさんに辺境のことや王城のことを改めて教えてもらった私は、更《さら》にもう一つお願いをしてみることにした。

ずばり、竜をモフらせてください……もとい、竜騎士の方同伴《どうはん》で見学などは、させていただけないのでしょうかと！

異世界に来て一週間程度？はマジのお部屋住み生活だった私だが、「準備した上で竜騎士団の面子《メンツ》が付き添《そ》うなら」という条件で外出が解禁された。

外出と言うよりは！　竜の見学なんですけどね‼　やったぜ！！！！

しまった、つい念願成就《じょうじゅ》の気配に気分の高ぶりが抑《おさ》えられず。

ビークール私。興奮して息荒《あら》らげてたりしたら単純に不審者《ふしんしゃ》ですし、竜の皆さんからも、

「え、何こいつ……近寄らんとこ……」

ってリアクションされそうですしね。そうなったらマジで泣けるから、自制しよ。想像しただけで口の中に鉄の味が。

まあ、実のところ、スマホショック及《およ》び読書ショックの後、別の引きこもり代替《だいたい》手段が見つかってはいた。

だってこの異世界、科学はないが結構高度な魔法はあるし、「現代日本の高級ホテルかな？」と錯《さっ》覚《かく》しかける程度に、超《ちょう》充《じゅう》実《じつ》したインフラ設備もある。

ならば当然、部屋で引きこもり用の娯楽《ごらく》だって、ないわけではなかったのだ。

具体的に言うと、映画……というか動画？　動く写真？　まあ、そういう概念《がいねん》に近しいものよ。あったのだな、異世界にも。

ほら、ファンタジー世界で時々、遠くの映像を念写するとか、過去の記憶《きおく》を投影《とうえい》して他の人と共有するとか、なんかそういうのあるじゃん。光の球がピカーって光ったらそこに映るとか、映像浮《う》かぶとか。あれあれ、あんな感じ。

そしてこの世界では、リモートで観劇を楽しむという娯楽が既《すで》にあるらしい。

身分が高いと、直接自分の所に呼びつけて芸をさせるのが一般《いっぱん》的なんだけど、そこはまあ、遠くの安全圏《あんぜんけん》から眺《なが》める方が性《しょう》に合ってるって人もいるわけで。あと、自分の目で見るのと映像とだと、やっぱり見え方も違《ちが》うので。通は劇場で実演を観《み》てから、お家《うち》で記録映像を繰《く》り返し楽しむものだとかなんだとか。

あれだな、推《お》しの初演観に行って、帰りはＤＶＤ予約してくるようなものだな。便利だなー、魔法。

そんなわけで、「サヤが暇《ひま》だと聞いて……」と、竜騎士団の面々が各自観劇映像を持ってきてくれたのだ。音声なら自動翻訳機能が仕事するしね！　読書用のお勉強はするけど、やっぱお手軽に楽しめる引きこもり用娯楽があるのは嬉しい。

ちなみにちょっと面白《おもしろ》かったのは、見事にジャンルがばらけていたことである。

団長は王道恋愛《れんあい》物、マッチョメンはアクション要素が強いもの、美少年は……まさかの昼ドラサスペンス。しかもシリーズ物。

これは、私がこういうの好きそうって思ったのかい？　いや好きだけども。ついつい昼ドラ見ちゃいますけども。心読まれたのかってビビりましたけども。それとも純粋《じゅんすい》に、本人の趣味《しゅみ》？

なんだか怖《こわ》くてわざわざ確認《かくにん》はできなかった。触《さわ》らぬ神に云々《うんぬん》かんぬん。他のお二人はイメージ通りでした。解釈一致《かいしゃくいっち》助かる。

さて、そんな風にして日中は文字を習い、自室ではもらった観劇映像を楽しみ、「そろそろ多少は動いておかないと豚《ぶた》になるな……」と反省してたまにストレッチや体操などしているうちに、無事にもふ竜見学の許可が下りた。

やっぱりね。映像系娯楽だけではね。満たせないものがある。体験が、直接の接触《せっしょく》が、あの騎竜《きりゅう》した時ちょっと触《ふ》れ合った極上《ごくじょう》のもっふもふ手触りが忘れられない……！

「ではサヤ。準備はいいか？」

「はい、万事《ばんじ》オッケーです！」

待ちに待った当日はいつもの三人だけではなく、私を迎《むか》えに来た時同様、竜騎士団の皆さんが勢《せい》揃《ぞろ》いしていた。なんだかそわそわする。

ちなみに団長さんはまあ一番偉《えら》い責任者だから当然として、その他の二人がなぜ私担当みたいになったのかは……たぶん、バンデスさんは気さくだからで、ショウくんは同年代だと思われたからなんじゃないかな、と推測している。

そう、たぶんね……たぶんなんだけど、私、十代後半から二十代前半に思われてるっぽいんだよなー……。

アジア系は童顔に見えるってあれなのかね。まだお肌《はだ》も結構綺麗《きれい》だしね。実態は三十路《みそじ》のアラサーだよ。なんとなく言い出しづらくて年齢《ねんれい》のことは未《いま》だに言えてない。震《ふる》え声。

「今日は竜達の普段《ふだん》の様子を見てもらって、可能であれば触れ合いなどもしてもらいたいと思っている。ただ、申し訳ないが、人の都合より竜の状態を優先させてもらう。もしかするとサヤの希望すべてを叶《かな》えることはできないかもしれない。お互《たが》いの安全のため、私の指示にはきちんと従ってほしい」

「サー、イエッサー！」

年齢詐称《さしょう》（不可抗力《こうりょく》）のことはともかく、団長から改めて竜についてのあれこれを説明され、神《しん》妙《みょう》に答える。思わずピッと敬礼してしまったほど。

気分は新兵。……いや、新兵には人権がないと聞いたことがあるので、どうしよう……マナーのできてる観光客ぐらいの扱いでお願いしたい、かなあ……。

団長に続いて部屋から出ると、城内は予想よりかはもうちょっと殺風景な見た目をしていた。清掃《せいそう》が行き届いてはいそうだけど、目立つ装飾《そうしょく》品や置物はそんなにな、みたいな。

なるほど、ここは辺境で、私の部屋はお客様用豪華《ごうか》仕様って話、事実だったみたいだ。

そして私が出かける用に人払《ひとばら》いがされているためだろうか、広い場所をずーっと歩いているのに全然誰の姿も見かけなくて、ちょっぴり怖かった。ここ結構、夜中に一人では歩きたくない場所だな……。

さて、そつのない団長の案内によって、私は広いベランダ――屋根がないからバルコニー？　とにかく、城の中だしまだ建物の上だけど空が見える、そんな場所にやってきた。どうも今日は、ここに竜がやってくるらしい。

なんとなく、玄関《げんかん》まで行って放牧地みたいな所まで馬車で移動して……とか、出会うまでの長い道のりを想像していたから、結構ラフに会えるものなんですかって驚いた。

「普段はあまりここには呼ばないんですけど、今日は特別ですよ」

ショウくんがこっそり耳打ちしてくれる。

なるほど、ここでも訪問者待遇《たいぐう》。あ、ありがてえ……そしてすまねえ……でももふもふ様と再会できるチャンスは逃《のが》せない……！

アーロン団長がまた笛を構え、快晴の空に竜を呼ぶ音が響《ひび》き渡《わた》る。

すると今度もさほど時間をおかず、ばさばさ羽音が聞こえてもふ竜様達がお出ましになった。

「グリンダ」

「きゅう」

早速アーロン団長は、ご自分の担当竜グリンダ嬢《じょう》を撫《な》でている。白竜グリンダ氏は気持ちよさそうに目を閉じてから、私をじっと見て、それからアーロン団長にまた目を移す。

「きゅううう」

「サヤ、グリンダが問題ないと言っている。こんな感じで触ってやると喜ぶから、さあ、やってみてくれ」

竜のお顔を優《やさ》しく撫でている団長が、私を手招きする。

か、顔なんかいきなりタッチしてしまって、よろしいのですか。よろしいって言ってるっぽいから、信じますよ……。

…………。

お、おお……。ふおお……。ジーザスもふもふぅ……！

ご尊顔はふわふわでありながらすべすべであらせられた。

神よ。ここが天国です。地上にも楽園がありました。こんなに手触りのいい生き物がこの世にあっていいのか。いや、いいのだ。なぜならここに答えがある。

なんかもうとにかくこの、もふも……ええ？　もふもふ……マジかあ、もふもふもふもふもふ……うふふ、ふふふふふ…………。

「…………」

沈黙《ちんもく》が場を支配する。

真顔でグリンダ嬢のご尊顔に手を滑《すべ》らせ続ける私。

よきにはからえと好きにさせてくれるグリンダ嬢。

見守る団長。と愉快《ゆかい》な竜騎士団の皆さん。

「え、ええ……？　あれ、グリンダだよな？　団長以外に触られると秒で噛《か》みつこうとする跳《は》ねっ返りの……」

「団長とのファーストミーティングだって、あそこまで穏《おだ》やかじゃなかったっすよね？　あんなにうっとり目を閉じて……」

「さすがは訪問者様……！」

なんだかギャラリーがヒソヒソ話している声で、ようやく私は我に返った。

いかん！　もふ竜様のあまりの毛並みの良さに割と正気を失ってた気がする。悟《さと》りを開きながら一心不乱に手を動かしていたようだけど、幸運にもグリンダ嬢はうっとり目を閉じていた。

それどころか私が手を止めると、うっすら目を開けて「きゅっ！」と短く鳴く。

言葉にせずともなんか伝わるものってある。

ごめんなさい下僕《げぼく》が手を止めてごめんなさい、すぐに再開いたしますので、はい、このように。えと、力加減は今のままでよろしいのでしょうか……。

私がなでなでを再開させると、グリンダ嬢は再び目を閉じて……まもなくスピースピーと安らか

な……寝息なのか、これは。え、本当に？　本当にもふ竜様が、お眠《ねむ》りになっていらっしゃいますか⁉

どうしよう、と困って振《ふ》り返った先の団長も困惑顔《こんわく》をしていた。ヤバい。この場の全員が戸惑《とまど》いの空気を醸《かも》している気がする。

「きゅう」

「きゅうう」

「きゅんっ！」

しかも気がついたら、グリンダ嬢の横に行儀《ぎょうぎ》良く竜が並んでおり、私と目が合うと順番に鳴き声を上げる。まるで「次は自分達のこと、ヨロ！」とでも言っているかのようである。

再び団長を振り返る。あ、考えてる。めっちゃ考え込んでる！　その横であわあわしているマッチョメンが……行け？　やれのジェスチャー？　でも隣《となり》の美少年は戻《もど》ってこいの手招き？　どっちなの、私はどうするのが正解なの‼

「きゅー！」

早く！　と言うように一匹《ぴき》が鳴くと、スピスピ音を立てていたグリンダ嬢がピクゥッ、と耳を動かした。するとビクゥッ、と竜騎士団の皆さんに震えが走り、団長が深いため息を吐《つ》く。

「サヤ、申し訳ないが、他の奴《やつ》らも撫でてやってくれるか……？」

あ、はい。いえ、全然構いませんが。むしろどんとこいですが。

「きゅううん」

「うきゅううん」

「きゅいいいん――」

そこからはもう、千切っては撫でもとい、モフっては退いていただき、の流れ作業。

こうなったらただでは帰さねえ。全員私に触られていただく。この場のすべてのもふみは私のものぞ。皆溶《と》かしてやる。

毛玉はねえ、ふわふわのつやつやじゃないと、いけねえんだよ！　だから唸《うな》れ、私のマスターハンド!!

……と、開始時の気迫《きはく》は十分だったものの、次第《しだい》にＤｏｎ'ｔ来い、もふ竜祭り状態になっていく我《わ》が心身。数で攻《せ》められたら基本少ない方が負ける、これ常識なり。

いやね。いえ、私もね。望んで交流に来たわけですし、見学だけかなあと思っていたらまさかの触れ合いまで行けて、非常に喜んでいるのですけどね。

それでも十匹以上いた竜を、撫でて撫でて撫でまくれば、さすがに疲労《ひろう》も覚えるもので。

マジで一日、竜を撫でて終わった……。いやまあ、皆気持ちよさそーにしてくれたし、満足そうに帰って行ってくれたので、良かったのですが。

「きゅん♥」

最後、のんびりと起きて大あくびしたグリンダ嬢なんか、甘い声を私に投げかけてからお帰りあそばされた。

あんのお可愛《かわい》らしい殺人毛玉め、声までたまらねえプリティーしやがって……今日はこれぐらいにしておいてやる。

ちょっともうさすがに腕《うで》が上がらないので、はい。無理ぽ。きっつ。デスクワーカーだったからなあ、こんなに肉体労働したの、いつ以来だろう。

「いやあ、びっくりだわ……。訪問者はこっちの世界をよくしてくれるから、竜とかも懐《なつ》きやすいって話は聞いてたんだけどよ」

「あの気難しいグリンダが真っ先に落ちて、他の竜もみーんなメロメロでしたもんね……」

マッチョメンと美少年がそんなことを言っている。体質的に竜に懐かれやすいということならめちゃくちゃ嬉しいのだが、ちょっと予想外のサービスで魂《たましい》が口から抜《ぬ》けかけている。

「サヤ、大事ないか？　その、竜達が皆、きみの手が気持ちよくて、いっぱい撫でてほしがっていたものだから、つい任せてしまったのだが……」

「明日は筋肉痛必至でしょうが、まあなんとか……」

団長さんが心配そうに言うので、へらっと笑って返す。両手で肩《かた》をすくめるポージングを決めようと思ったのだが……おっふ、一日中竜を撫でていた反動でこの高さすら手が上がらない。これは……果たして筋肉痛で済むのだろうか。アイシングとか……。

そんなことを思っていたら、団長さんが歩み寄ってきて。

え。近い近いどうしました。うおっ。うん⁉　ちょっとそれはまずいですよ団長殿下《でんか》、もしかしなくても姫抱《ひめだ》きってやつかなぁ⁉

「きみの優しさに甘えて限界まで無理をさせてしまったようだ。寝室までお連れする」

「いやいやいや……お構いなく、駄目なのは腕だけなんで、足は自分で動きますゆえ！」

「腕が上がらないほど疲《つか》れているのなら、他のところだって意識が行っていないだけで色々蓄積《ちくせき》しているはずだ」

ぎゃー！　アラサーにこれはきついってばよー！　皆さんの視線が痛いー！

しかし相変わらず腕は上がらないし、仮に全力が出せたところで団長氏の筋力にかなうはずもないのだった。

ちなみに部屋に戻ったら早速腕に湿布《しっぷ》みたいの貼《は》られたし、晩ご飯はマイアさんがあーんして食べさせてくれた。やったぜ異世界万歳《ばんざい》異世界。まさか名誉《めいよ》の負傷からメイドさんにあーんしてもらうなんて体験をする日が来るなんてな。

なぜかご相伴《しょうばん》に押しかけてきたマッチョメンとショウくんがあーん係やろうか？　と快く申し出てくださったのだが、強い心で辞退した。

アラサーにこれ以上辱《はずかし》めを与《あた》えないでいただきたい……団長の姫待遇でこっちはもういっぱいいっぱいだよ！

◇◇◇

ふおお……。なんだこれは、上下左右どこもかしこも雲だ。私は今、雲に埋《う》もれている。え、これどういうこと？　雲って乗れるようなサムシングじゃなかったですよね？　混乱している私を、どこからか誰かが呼ぶ声が。

「サヤ、さあ、こちらに……」

翼《つばさ》を生やしたアーロン団長が、雲に溺《おぼ》れかけている私を逞《たくま》しく抱き上げる。やんややんやとマラカスを振る竜騎士団の各位。クエー！　とか鳴いてる竜の皆さん。そして我々は光の中をどこまでも登っていき……。


「………」

「おはようございます、サヤ様。今日もまだ腕の痛みは続いていますか？」

「あ、おはようございます、マイアさん。腕は大丈夫かな……」

私が今死んだ目をしているのは、夢見がカオスだったからですよ。

なんだろう、この……なんとなく、昨日あったことに影響《えいきょう》受けてるんだろうな、ってのはわかるけど、どうしてそういう出力になったんですかって私の脳を揺《ゆ》さぶって問い詰《つ》めたい感じの、この……竜はクエーじゃなくてキューだし、マラカスはどこから出したんだよ！

まあいい。それよりも大事なことがある。顔を覆《おお》っていた両手を、改めてぐーぱーと動かしてみる。

動きよし。痛みなし。完治！　異世界湿布の力ってすげー！

昨日の寝る前、マイアさんにスースーしてミントっぽい匂《にお》いのする?布を、腕中に巻き付けられたわけですが。これが見事に効果抜群《ばつぐん》だったようです。いやあ……回復魔法？のある世界って本当に素晴《すば》らしいね。たかが筋肉痛されど筋肉痛。腕上がらないの地味につらいなって、昨日充分《じゅうぶん》体感したからね。

夢見はあれだったけど、もふ竜の皆さんと戯れられたことはとても良かった！　見るだけでもよしと思っていたのに、あんなに思う存分モフらせてもらえるとは。

いやもう本当に、どの竜も素晴らしい毛並みをお持ちで……でもちょっと各自個体差があって、もふみがあふれてごわごわまで行ってるかなって高い子もいれば、すべすべのお肌かなって子もいましたね。短毛にも長毛にもそれぞれよさみがあるよ。

あとみーんないい匂いだった。意外にも彼ら、お日様の匂いって言ったらいいのかな……そんな感じの、はあ……って幸せになる匂いしかしないんですよ。なんかこう……猫《ねこ》に近い？　犬って犬の匂いがするじゃないですか。でも竜って全然違うんですね。

手触りも素晴らしい上に匂いも癒《い》やし系とか、本当史上最高の生き物だな。許されるなら、あのもふみの海に顔を沈《しず》めてみたいよね。羽とか胸周りとかお腹《なか》とか。

ところで、幸せの余韻《よいん》に浸っていると、本日の朝食メニューはパンだった。

柔《やわ》らかパンのもちもち成分は、竜のもふみに通じるものがあるって、私今ちょっと噛みしめているんだ。

「オゥイエス、ジーザスもふもふ……」

「サヤ様？　今なんと？」

「いえなんでもありませんお構いなく」

思わず感想なのか奇声《きせい》なのか変な音を漏《も》らしてしまい、マイアさんにすごく怪訝《けげん》そうな顔をされた。

ごめんなさい。色々満喫《まんきつ》してるだけです。挙動不審《きょどうふしん》かもしれませんが、ただ単に興奮しているだけの善い訪問者なので、本当に許してください。ぼく悪い変態じゃないよ。

嗚呼《ああ》、異世界が快適すぎるのと、初日に早速グロッキーをやらかしたせいで、羞恥心《しゅうちしん》のボーダーがどんどん駄目なラインまで下がってきている気がする。

人間として大事なところは死守しようね、私。もう駄目かもわからんが。


さて、本日の予定は、文字の読み書き練習だ。

マイアさんが書いてくれたお手本を読み上げて、反復練習。

国語こと日本語ではそんなに文字を褒《ほ》められなかった私だけど、異世界文字の書き方は「割といい感じ」だそうな。

「そうです、サヤ様……ダイナミックな筆遣《ふでづか》いです」

マイアさんがペン捌《さば》きを見守りながら、そんなコメントをしてくれる。こうかい。これでええのんか！　シャッシャッ！　……あんまり調子に乗りすぎるとインクがべしゃってなるから、程々《ほどほど》にしよう。

ちなみに私がものすごいヘタレ野郎《やろう》だと見抜《みぬ》かれているのか、元々そういう性格なのかはわからないが、マイアさんをはじめとする異世界の方々は褒めて伸《の》ばす方針らしい。

それはもう、褒め殺しというか……マジで大体何をしても褒めてくれるので、めちゃくちゃやる気が出る。

あんよが上手！　って立っただけでギャラリーから拍手喝采《はくしゅかっさい》飛んでくる感じ。失敗した時の自省がね、自然とすさまじくなるんですよね。こんなに褒めてもらってるのに一歩しか歩けなくて申し訳ねえ……！　みたいな。

「お上手です、その調子……あら」

「およ？」

マイアさんと私は、ノックの音に同時に顔を上げた。

「サヤ、今大丈夫――すまない、勉強中に邪魔《じゃま》だったか？」

「あっ、えっと、いえ……」

やってきたのはなんと、アーロン団長である。昨日のことと夢見のアレとで、なんとなく顔を直視しづらい。

あ……今の私、湿布くさくないかな、大丈夫かな……。そわそわしちゃうな……。

「ちょうどいいですし、お休みの時間にしましょうか。お茶をご用意いたしますね」

マイアさんがてきぱきと……あっいなくなられると団長と二人きりで、それはなんかこうますます心臓に悪いぞう⁉

「腕の調子はどうだ？」

「だ、大事ないです……」

「……もしかしてまだ疲れが残っているのか？　なんだか顔色もよくないような……出直した方がいいか？」

「いえいえいえ、本当に、本当にええ、絶好調ですので。はい！　それよりわざわざお越《こ》しいただいたのは、何かご用でしょうか？」

このいたたまれない空間をなんとかしたくて、とにかく会話を保《も》たせようとする。するとうまいこと体調気遣いネタから話をそらせたようで、団長が頷《うなず》いた……のが、目の端《はし》で見えた。だって顔見られないんだもん、敵の挙動は気配で察するしかないんだよ！

「実はその、昨日の今日で、誠《まこと》に申し訳ないのだが……サヤがもし嫌《いや》でなければなのだが、また竜達を触りに来てもらうことはできないだろうか……？」

「……へ？　えっと……また竜達を触っても、いいんですか？　私的には、大歓迎《かんげい》ですけど……」

「そうか！　良かった……」

ほっとしたようにパッと笑顔《えがお》になる団長。

ぐわあああああ！　眩《まぶ》しい！　っていうか発言内容が意外すぎて、無意識に顔に視線向けちゃってたじゃん！　このタイミングでその表情とか、私をどうしたいのだねアーロン殿下!!

いや、まあ。殿下は普通《ふつう》にしゃべってるだけで、私が一方的に変に意識してるだけだね。うん。落ち着こう。

……くっそー、なんなんだ、やりにくいな！

そうだもふもふ、もふもふのことを考えよう。

「むしろその、このような素人《しろうと》が軽率《けいそつ》に触ってしまって大丈夫なのでしょうか？　竜って特別な生き物ですよね。ご機嫌損《そこ》ねたりとかは……」

「訪問者は世界の歪《ゆが》みを正す――つまり、こちらの住人にとっては一緒《いっしょ》にいて心地《ここち》よい相手に感じるのだと聞いている。人間の話かと思っていたが、どうやら竜にもそれが適用されるようだ」

へー……転移者は異世界だと無条件に好意集める的な話なら聞いたことありますが、動物？も対象になると。

やったぜ。いや本当、本命のおまけとかヘイト集めるタイプの転移じゃなくてよかった。むしろ人間から下手に好意集めるのも怖いから、動物の方が全然……。

いやね。もちろん、嫌《きら》われるよりは好かれる方がいいんですけど。こっちが無関心の相手にぐっと来られるのって怖いしなあ。上手にかわせないと、なぜかこっちが悪いことになるし。

なんでやねん、はっきり嫌って言った時のさ、逆上怖いじゃん。公的行動範囲《はんい》が一緒な人だと、ブロックバイバイ！　して終わりにもならないのよ。毎日顔合わせるのよ。反応鈍《にぶ》かったら脈なしだと思って引いてくれよぉ、本当さ……。

あ、いかんいかん、ちょっと学生時代の嫌な思い出が。

幸い、異世界で会ったのは、今のところ皆いい人達ばかりだ。もしかしたらまだ、「ん？」って思う要素が出てくるほど、深いお付き合いをしてないってだけの話かもしれないけど。

でも皆、異世界から来た私のことを敬愛してくれて、すごくよく気遣ってくれてるのは伝わってくる。

それなのに毎日ニート満喫って、ちょっとどうなんだ。何もしなくていいって言われてるけど、何かしらはやっておかないと駄目なんじゃない？　とか思ってきた頃合《ころあ》いでもあった。

だからもふ竜様の撫で回し係もとい付き人もとい——私の立ち位置、なんて言えばいいんだ。下僕か？　下僕だね、うん——に任命されるのは、やぶさかではないというか、むしろ渡りに船ですらあったのですが……。


「きゅううううう！」

場所はバルコニー……中庭？　まあ、昨日も来た、空がよく見える広い空間だ。

心底恐縮、という風情《ふぜい》の団長の後ろを首を傾《かし》げながらついてきたら、彼の担当竜様がなぜかそこにいた。私の顔を見るなりばっさばっさと翼を羽ばたかせ、「遅《おそ》い！」と言ってるような気がする。

まさかもふ竜様に出待ちされる日が来るとはな。というか、リピートですか？　昨日も即《そく》寝落ちしてたけど……。

「サヤ……本当に申し訳ない……」

「いえいえ！　こんにちは、グリンダちゃ……様」

「きゅっ」

お返事可愛いねえ……でもなんかいかにも気位が高そうなお嬢様っぽいから、ちゃん付けしたらへそ曲げそう。

私は教わった通りに竜の様子を確認しながら近づき、そっと真白いもふみに手を置く。

おっふ……いやね、本当ね、竜ってだけで大体もう約束されし勝利のもふみであるってことは昨日経験済みなわけですが、グリンダ嬢の毛はね、特に格別なのよ。何この……綿飴《わたあめ》？ふわっふわでもっちもち。でもすべすべもしていて、なんていうの、この……極上毛布……お客さん本当いい毛並みしてますね、うえっへっへっへっへ……。

「きゅーん♥　きゅーん♥」

私も撫でてるだけでテンション爆上《ばくあ》がりなのだが、グリンダ嬢は気持ちよさそうに目を閉じ、ごろりと寝っ転がっ……あっお客様それはちょっと困ります、主に下敷《したじ》きになったらさすがに質量差の問題が発生しそうです。いったん待避《たいひ》させていただきたく候《そうろう》！

若干《じゃっかん》ヒヤッとしたけど、団長さんがさっと手を伸ばしてくれたこともあり、全身で竜を受け止める（物理）にはならずに済んだ。ふう、危なかっ……これはこれで別の危なさがあるな！

「あ、ありがとうございます」

「いや」

私は素早《すばや》く言って、そそくさアーロン氏から離《はな》れた。

騎士様だし、保護者だし、引率者だし、まあわかるけど……距離《きょり》が近いのよ。いや、私がちょっと昨日からなんか気にしすぎてるのかもしれないけど、うん。

騎士様から微妙な距離感の位置に立って改めてグリンダ嬢を振り返ると、彼女は寝っ転がったまま、首だけ上げて私をつぶらなお目々で見つめる。

「きゅっ」

「……腹を撫でてほしいんだそうだ」

えーとこれは？　と首を傾げたら、親切な通訳ことアーロン氏が補足してくださった。

なんと。マジで。ポンポン行っていいんですか。え、本当に？　ち、力加減がわからん……とりあえず優しく、優しくこの辺を……撫でる？　擦《さす》る？　やればいいんですかね？

「きゅー」

声音《こわね》的に、たぶん合ってるはず。えーと力加減は……弱い？　もうちょい強く？　あっ強すぎましたごめんなさい⁉　このぐらい……はいはい、このぐらいですね。しかしポンポンはあったかくて、一際《ひときわ》柔らかいなあ……。

……ん？　んん？　うーん……。

なんだろう、この辺、ちょっとひんやりしてる気がするな。

「きゅう」

そのきゅうはそこをやってくれの意味のきゅうでよろしいのか。そんな気がする。

私はグリンダ嬢のひんやりしたお腹に両手を当て、しばし止まります。

痛いの痛いの、とんでいけー。

「きゅう……♥」

少しはよくなったかしら？　グリンダ嬢がなんだか快適そうに首を伸ばしている。

……うん、お腹の冷えも取れてきたみたい。全部ぽかぽかのぽんぽんになった。

ここに飛び込んだら、マジで気持ち良いんだろうなー。

……おや？　なんとなく不穏《ふおん》な予感。

あっこれ、起き上がろうとしてますね⁉　た、待避——‼

ぜえぜえ……なんか再び団長さんの腕に収まってしまったけど、身の安全絡《から》むから仕方ないと思うの。

「きゅ！　きゅきゅきゅきゅ、きゅー！」

えーと、なんだかまた翼をばたばたさせて、ご機嫌そうなことはわかった。

そしてグリンダ嬢はすっきりした顔のまま、飛んでいった。

なんだろうあのお嬢さん、神出鬼没《しんしゅつきぼつ》というか気の向くまま風の吹《ふ》くままというか、とかく嵐《あらし》のような御仁《ごじん》だな……可愛いからいいけども。

「グリンダ！」

団長さんが呼んでるが、戻ってくる様子はない。生真面目《きまじめ》な彼は、気まぐれな彼女に振り回されているのではないかと思い、ちょっとくすっと笑ってしまう。

おっと、そこでこっちを見るのは反則です。おやめください、心臓に悪いです。

「サヤはもしかすると、癒やし手の可能性があるな」

「……癒やし手？」

なんでこっちじっと見てくるんだろう、髪《かみ》に変なものでもついてるかな……とそわそわ頭をいじり回していた私は、団長アーロン氏の言葉に首を傾げる。

アーロン氏は頷き、自分の掌《てのひら》をこちらに向けて見せた。

「サヤは魔法のことを知っていたが、魔法のない世界で生きてきたのだろう？　魔法には色々あるが、最初に習う基本の魔法は、手から魔力を放出することなんだ。癒やし手とは、中でも慰術《いじゅつ》――癒やしの魔法を使える者のことを指す」

「へー、そうなんですね……あっ、そうか！　前にスマホを充電していただきました。あの目覚めるハンドパワーも魔法ってことなんですね⁉」

「目覚めるハンド……？　まあ、確かに以前、きみから渡された魔道装置に魔力を付与《ふよ》したことがあったな。あれはまさに、手から魔力付与を行ったものだ」

私はそそくさと懐《ふところ》からスマホを出――そうとしたけど、ここは城内バルコニー、部屋の留守番任務を与えたスマホはない。

スマホって、持ち歩きたかったら手に持つ必要があるからなあ。異世界の服は見た目もいい上に動きやすく、着心地も最高だ。とはいえ、女性服にスマホやら財布《さいふ》やらを気軽に突《つ》っ込めるようなポケットが存在していないことは、こちらの世界でも共通らしい。

まあ肩《かた》掛け鞄をもらうとか色々やり方は考えられたけど、そんなに頑張ってまで、オフライン端《たん》末《まつ》を四六時中お供させようとは思わなかったのだな。だってほとんどただの板だし。

メモ帳機能とかカメラとか使えるでしょ？　すみません、自分、メモするならタッチパネルより紙とペンのがやりやすいってアナログ人間でして……あとカメラは容量が圧迫《あっぱく》されるんで……。

しかしそうか、異世界転移して、私にも夢の魔法行使権が備わったのか……！　と感動しかけたが、あれ？　とすぐに首を捻《ひね》る。

「えっと……魔法って、この世界の方なら普通に使えるもので、皆様《みなさま》手からエネルギーを出すことが自然にできるのですよね？　じゃあ、他の人にもできることなのでは……団長さんだってスマホ充電できていたわけですし」

なんか団長アーロン氏のリアクション的に、私がもふ竜様のポンポンをハンドパワーポンポンできたのって特別なことなのかい⁉　ってテンション上がった。

でもハンドパワーが魔法の基本って話なら、もふ竜様のお許しさえ得られれば、皆できるんじゃない？　というかそれこそ竜騎士の皆さんのお仕事なり日課なりの一つなんじゃないの？

しかしアーロン氏は緩《ゆる》やかに首を振る。

「私がきみの持ち物に魔力付与ができたのは、あれが魔石と似たようなものだったからだ。魔石は魔力を吸収し、ため込む性質がある。魔石に魔力を注ぐのは、いわば空の器《うつわ》に水を注ぐようなものだ。それなら魔法の素養がある人間なら、誰にでもできる」

我がスマホ、まさかの異世界適性。そこまで頑張れるのに、なぜネット通信だけは無理なのか。

いや冷静になれ、私。ここ、異世界。次元の狭間《はざま》の向こう側。そもそも一人間が健康体のまま渡って来られたことの方が奇跡《きせき》。

スマホさん、壊《こわ》れないでくれてありがとう。たぶんもうちょい私が頭回るならオフラインの君でも使い方を色々思いつくんだろうけど、ごめんな、ポンコツアラサーで……。

「しかし、元々魔力のある生物相手となると、魔力付与ができる者は一気に減る。相性《あいしょう》なんかもあるからな。だから慰術が使える人間の数はそう多くないし、まして竜相手となると……」

私がスマホへの思いを馳《は》せている間にも、アーロン氏の説明は続いていた。

え？　やっぱりもふ竜様のポンポンをヒーリングポンポンできる人間は、稀《まれ》ってことですか⁉　や、やだなあ、割と嬉しくなっちゃうじゃないか……顔がにやけてしまいそうだから、ほっぺた叩《たた》いておこう。

「サヤは珍《めずら》しい、竜の癒やし手なのだと思う。あの気難しいグリンダが真っ先に心を許して、不調の腹まで撫でさせたんだ。きみが嫌でないなら、これから他の竜達のことも見てやってほしいのだが……」

「それって私、もふ竜様達のお世話係になっていいってことですか⁉　はいもちろん、喜んで！」

なんと渡りに船。暇を持て余して「なんかやることないのかな……」と思い始めていた矢先に、大好きなもふもふ様ともっと接触できるご褒美《ほうび》をもらってしまってよいのでしょうか⁉

私が二つ返事で了承《りょうしょう》すると、しかし今までしずかーにちょっと離れた場所で付き添ってくださっていたマイアさんが手を挙げる。

「アーロン様、一つ確認を。今のお言葉は、サヤ様を見習い竜騎士に迎えたいとおっしゃっているのでしょうか？」

「いや……見習いというより、竜の世話を手伝ってもらいたいというか……」

「ということは、竜医、ないし竜医見習いということでしょうか。確かに絶対数が不足している役職ですし、適性があるサヤ様にお願いできることなら、我々としてこれ以上都合のいいことはありません。それで、恐《おそ》れ多くも訪問者様であるサヤ様に、無償《むしょう》奉仕《ほうし》をしろと要請《ようせい》していらっしゃるのですか？」

「そのつもりはなかったが……」

あ、あれえ⁉　マイアさんがどうやら私のことをめちゃくちゃ考えてくれているらしいってことは伝わってきたけど、どうしてこんな険悪なムードに⁉

「マイアさん、私はむしろ異世界ニート申し訳ないって思っていたので、何かしろということであれば喜んで——」

「サヤ様。サヤ様は訪問者様でいらっしゃいます。訪問者はお客様であり、訪問者の専属侍女《じじょ》を命じられたわたくしは、サヤ様が快適にお過ごしになることができるようあらゆる手配を怠《おこた》らないことが使命と考えております」

美人のマジ顔もすっげえ美人。

えっと、でもなんか……なんか色々ふんわりした自分で申し訳ないが、なんて言えば伝わるだろう。考えろ。最近色々モヤモヤして、せっかくチャンスが来たって思ったんだ。このまま「やっぱり訪問者には引きこもってもらわないと」ってなったら、その方が困るし本意じゃない。

「あの、マイアさん……私、突然《とつぜん》こちらの世界に来てしまって、もう帰れないんですよね。だったらこちらの世界で、いつまでもお客さん気分なのもどうかなって思うんです。えっと……私にできることなら、ちゃんとしたいというか……」

「……つまりサヤは、働きたいということだろうか？」

「そ、そういうことになるのかな……？」

団長アーロン氏の言葉に、マイアさんはため息を吐《つ》き、こわばっていた表情を緩ませてくれた。

「承知いたしました。であれば、アーロン様はサヤ様と、業務内容や労働条件をきちんと確認なさいませんとね」

「そうだな。この世界の人間を雇《やと》うのと同じようにしなければ。ありがとう、マイア。かつて聖女を使い捨てた人間達と、同じことをするところだった……」

「いいえ。わたくしも言葉が過ぎました。申し訳ございません」

あー……なるほど、先人達の中には、私よりもっとすごい力に目覚めた結果、「いいよいいよ！役に立つなら！」って張り切りすぎて、過労死した人でもいたのかな。自己肯定《こうてい》感に飢《う》えてる日本人、やりそー。だからその辺、線引きはしてQOLを守りましょうねと。

現代日本ではついつい「あー、やっときますね」って仕事を引き取って体調崩《くず》したりとかもあった私、己《おのれ》を猛《もう》反省。

本当に、しっかりした人がいてくれてよかった。

最高だぜ、異世界。

三章　もふもふ係に正式就任しました

先日、竜騎士《りゅうきし》団長アーロン氏から竜の世話しないかいってお話をいただき、有能メイドマイアさんによって労働条件の提示が求められた。

すごいね、好きなこととしてお金までもらえるなんてを自分が言う日が来るなんてな……感慨《かんがい》深いよな……。

とにかく、改めて私の業務内容を確認《かくにん》した。

将来的に目指すところは、もふ竜様の癒《い》やし手——竜医という唯一無二《ゆいいつむに》のお仕事らしい。

ちなみに竜医は希少って話があったけど、現在正式にこの役職を名乗れる人はいないのだそう。竜の癒やし手適性と好感度と、まあとにかくなれる人がめちゃくちゃ限られるらしいのでね！　オラ、ワクワクしてきたぞぉ。

で、竜医を目指すに当たり、まずはもふ竜様世話係から始めてみようかってことになった。

もっと具体的に言えば、竜騎士見習いみたいなものだ。美少年ショウくんはちょうど見習い真っ最中らしいので、彼《かれ》の後輩《こうはい》ってことになりますね！

当初、責任感の強い団長氏は、なんとご本人が私に竜騎士のあれこれを教える係になる意思を示していた。

が、横で話を聞いていたバンデス氏が呆《あき》れ顔になり、

「いや、あんた自分が団長だし、領主でもあるってことを思い出せ。な？」

竜騎士団長だし、王子様だし、そして領主様……ＮＥＷ！

おっふ、マジか。この人元々雰囲気《ふんいき》あるから、絶対社会的地位高い人！　ってのはすぐにわかるけど、全然自分でその辺のこと言わないんだもんな……。

そんな偉《えら》くてすごく忙《いそが》しそうな人なのに、結構な時間私に割《さ》いていただいていたと。嬉《うれ》しいけど申し訳ないなって思うよね……。

「俺《おれ》はもともとサヤの警護に割り当てられてるし、一緒《いっしょ》に行動するなら、ついでに面倒《めんどう》見るよ」

「お前、個人的にサヤと話す機会を増やしたいだけでは……？」

団長氏はため息を吐《つ》きつつも、しかし色々既《すで》に肩書《かたが》きのある自分が四六時中私に構うのは限界がある、という現実も思い出したらしい。

「バンデスなら、能力は充分《じゅうぶん》あるだろう。が……ショウ、お前もサヤのことをよく見て、色々教えてやりなさい」

「は、はい！」

団長氏はバンデス一人だとちょっと不安、という風情《ふぜい》で、見習い美少年騎士にも声をかけた。

バンデスさんは気さくなお方って感じだが、気さくというかガサツ……みたいな気配もしているので、その点ショウくんがいればバランスが取れるってことなのだろう。

そんなわけで、本日からしばらくは、この蛮族《ばんぞく》風……もといワイルド系竜騎士のバンデス氏が、私の護衛兼《けん》教育係になる。

「うーし。そんじゃ、サヤ。出発すっぞー」

「はい、よろしくお願い致《いた》します、バンデスさん！」

我々は今、城内の竜騎士詰《つ》め所に来ています。

まずは竜騎士の皆《みな》さんに改めてご紹介《しょうかい》と、仕事場の案内。

竜騎士の皆さんは、傭兵《ようへい》呼ばわりするには品がある（あと顔もいい）が、顔採用で立っていることが仕事の近衛《このえ》騎士よりは一般《いっぱん》的兵士に近い……総合してみると、そんな印象だ。

改めて顔を合わせてみれば、年も身分も結構バラバラである。

「色んな人がいらっしゃいますね……」

「まあな。竜騎士名乗るからには竜との相性《あいしょう》が必要だが、竜は別に年や身分で人間選ばねえからなあ」

そういえば竜騎士の皆さんはイケメン揃《ぞろ》い、裏を返せば女性の姿は見られない。……ちょっと聞いてみようか。

「女性は竜騎士にはなれないのですか？」

「いんやあ？　昔は男の仕事だーって時代もあったらしいがな、今は別にな。団長だってあんな人だからさ、性別で採用弾《はじ》くなんてことはない。竜も別に性別で人を弾きはしない。ただなあ、騎士になるからには一通りの訓練はやってもらうことになるし、実際竜と接すると……まあ、なかなか難しいっつーか。王都とかだと、女騎士も普通《ふつう》にいるらしいがなあ」

バンデスさんが鼻をかきながら答えてくれる。

ほむん……まだなり手が少数派って感じなのかなー。

「あ、サヤに俺らの仕事の説明はするが、そこまでがっつり騎士訓練をするつもりはないから、安心してくれ」

なんだろ。グラウンド十周的な？　ショウくんみたいにちゃんとした見習いなら、そういうこともやるのかな。まあ、私はやれと言われたらブーブー心の中で言いながら普通にこなすタイプなので、割り振《ふ》っていただいても大丈夫《だいじょうぶ》なのですが。

とにかく私は、色々試験的にやってみようの先鋒《せんぽう》役ということなのですね。お互《たが》いまだ探《さぐ》り探りという感じだけど、ちゃんと溶《と》け込《こ》んでいこう。

「皆様、改めまして、今後ともよろしくお願いします！」

「よろしくお願いします、訪問者様」

「あ、よろしければ名前の方で呼んでいただければ……姓《せい》のイシイでも、名前のサヤでも、お好きな方で構いませんので……」

「で、では……サヤ様……」

今日詰め所にいる竜騎士の皆さんと、お互いにぺこりと頭を下げ合う。

うむ。〝訪問者様〟と敬ってもらうのはありがたいけど、なんだかそう呼ばれていたら、いつまでも距離《きょり》が縮まらない気がする。

将来的にはもふ竜様のＱＯＬ向上係就任を目指す身としては、もふ竜様に最も身近な彼らとは、ちゃんと親睦《しんぼく》深めておかないとね！　純粋《じゅんすい》に興味もあるし。

「……で、まあこんな感じだが。見習いなら、この部屋の掃除《そうじ》とかから始めていったりするんだがな……」

「あ、やりますよ、掃除。むしろやらせてください。私も色々覚えたいので！」

ピシッと手を挙げて主張。グラウンド十周は体力的に厳しいだろうけど、雑務なら全然、現代日本でも大体任されるポジでしたゆえ。

「お、じゃあやるかぁ」

「僕《ぼく》、いつもやっていることなので。お教えしますね！」

「なんだなんだ。掃除するのか」

「俺らもやるかあ」

珍《めずら》しく先輩《せんぱい》ロールができてやる気を出しているらしいショウくんの他にも、わらわら竜騎士の皆さんが集まってくる。

……これ、詰め所の大掃除が始まりそうですね？

異世界でも、上から下に向かう掃除の基本は変わらない。

はたきから始まり、ほうきで塵《ちり》を集め、そして雑巾《ぞうきん》やモップで仕上げ。

若干《じゃっかん》アナログ式とはいえ、この辺も現代日本と一緒。

ただし、異世界の掃除道具は、時々人の手を離《はな》れて空を飛ぶ。魔法《まほう》による全自動清掃《せいそう》！　すごいね。ファンタジーだね。アニメで見たアレが現実に！　って、私今めっちゃ感動している。

最初、机やら椅子《いす》を移動させるところなどは、他の騎士達《たち》も手伝っていた。

しかし障害物がなくなってからは、完全にショウくんの独壇《どくだんじょう》場が始まる。

美少年は大体何をしても絵になるものだが、見よ、この見事な指揮者っぷり。格好《かっこう》は騎士見習いだし、操作しているのは音楽部隊ではなく掃除道具達なのだが、実に堂に入っていて芸術的だ。

少し前、美少年は手の届かない所にはたきを操《あやつ》ってポンポンし、私を感心させた。今は広くなったフロアを贅沢《ぜいたく》な舞台《ぶたい》とし、複数のほうき達を一斉《いっせい》に規律正しく動かしている。

私もほうきを持って、魔法操作では手が届きにくいらしい端《はし》っこ部分を担当させていただいている。

「ショウくん、本当に器用ですね……」

それにしてもふと振り返った時のフロアの自動ほうき部隊の美しさよ。

私の素直《すなお》な称賛《しょうさん》に、少年は恥《は》ずかしそうな顔をする。

「僕の得意な魔法って、こういうのばっかりで……。皿洗いとか、洗濯《せんたく》とか。地味だし、かっこよくないですよね」

「いやいや、素晴《すば》らしいじゃないですか。水仕事大変ですし、めちゃくちゃかっこいいですよ、今のショウくん」

お、顔が赤くなった。初々《ういうい》しいのう。

団長さんとか大人の男性相手だとね、こっちもあまり軽率《けいそつ》にかっこいいとか、本人の顔見て言えないんですが。特にイケメン相手だとな！　自明の理わざわざ口にして何言ってんだ常識だろ感漂《ただよ》うじゃない。

その点、ショウくんは十代の若人《わこうど》だからなあ。かっこいいというより可愛《かわい》い方が印象強いけど、こうやって真剣《しんけん》になっている横顔なんかは凛々《りり》しい。

一言でまとめると、若人尊いね。素直で元気な若者って、それだけで国宝だと思うの。本人は背《せ》伸《の》びして大人の仲間入り果たしたいムーブをちょいちょいかましてくるところがまた、こう……エモーショナル……。

「うーし。お前ら、並べー」

ショウくんのほうきがけが終わると、バンデスさんが声をかけ、竜騎士の皆さんが各々《おのおの》雑巾を手に並ぶ。

……これは、もしや。

「えー、位置について……よーい、どん！」

ショウくんの合図で各自一斉にスタートダッシュを切った！　やっぱり期待に違《たが》わず、雑巾がけレースだ！

「っしゃあああああ！」

そして猛然《もうぜん》と突《つ》き進んだバンデス氏があっという間に勝利をもぎ取っていった模様。パワータイプって素早《すばや》さとセットだったりするよね。筋肉あればその分速く動けるのだろうし。

「サヤ！　俺が勝ったぜ！」

「え。あ。おめでとうございます……？」

なんかガッツポーズを決めているバンデス氏に呼ばれた。とりあえず祝っておくと、彼は真っ白な歯を見せる。

先ほど大人の男性云々《うんぬん》って話をした気がするが、バンデス氏は見た目は間違《まちが》いなく大人だが、ショウくんよか、よっぽど無邪気《むじゃき》な表情を浮《う》かべている。

竜騎士の皆さんは見たところ、団長にしろショウくんにしろ真面目《まじめ》な人が多そうだから、こういう肩《かた》の力を抜《ぬ》いた感じの人がいてくれると、いい具合に根を詰めすぎずに済むのかもしれない。

「ちなみに今日はバンデスとその他大勢がやりたがったのでこうなっていますが、ほうきがけの後のモップがけまでが、普段《ふだん》の清掃です。大掃除の時は、もっと床《ゆか》の頑固《がんこ》な汚《よご》れとかと闘《たたか》ったりします」

「なるほど」

さらっと解説してくれるショウくん。

そういえば、雑巾がけなんて、いかにも新入りが任されそうなイメージがするもんなあ。だけどショウくんが号令係なんてやってたのは、このレースが先輩方のご要望によるイレギュラーケースだったから、と……。

「あ、でもバンデスは雑巾の絞《しぼ》り方が雑で床がびしゃびしゃなので、滑《すべ》らないようにから拭《ぶ》きしておきますね」

竜騎士達がわいのわいの言いながら雑巾を洗いに行った間に、乾《かわ》いたモップをすすっと操るショウくん。できる後輩だあ。

私、もちろん男性らしい軍人さんにはシンプルにどきっとしてしまいますけど、こういう風にかゆいところに手が届く立ち振る舞《ま》いができる存在こそ、組織には必要なんじゃないかなって思います。総合的に言うと、美少年、めちゃくちゃ将来有望。

「あー、いい仕事したわあ。茶でも淹《い》れるかあ」

机と椅子なども元通りにした後で、騎士達はひと休みすることにしたらしい。私もご相伴《しょうばん》にあずかる。

ちなみに意外にも自称《じしょう》お茶淹れの名人のバンデスさんが準備をしてくれた。

実際、雑っぽいイメージがつきがちなバンデス氏からふるまわれたとは思えないほど、上品なお茶の味がする。気がした。

……まあ私、大体のお茶はおいしく感じてしまう貧乏《びんぼう》舌だけどな！

何にせよ、やはり労働後の一杯《ぱい》は格別。

「っ、はあぁ～……」

ショウくんもよいリアクションをしている。

一番肉体労働させられがちな若手で見習いってこともあるだろうけど、やっぱり彼が一際《ひときわ》よく動いていたような気がするな。しかもその合間に、新入りの私にご教示もいただいたし。

「ショウくん、お疲《つか》れ様でした。よろしければ、肩でも叩《たた》きましょうか？」

「サヤさん……？」

「色々教えていただいたお礼です」

感謝と労《ねぎら》いを表現したくなった私の提案に、美少年は目を丸くする。

　ふふふ、実は私、ストレッチや筋トレに始まって最終的にはマッサージなども、現代日本で趣味《しゅみ》で嚙《かじ》ってたことがあるのだよ。

　普通の竜騎士相手だと、いきなり「大丈夫？　筋肉揉《も》もうか？」とか言いがたいが、このタイミングかつ相手がショウくんということで、向こうが嫌《いや》がらなければちょっといいかな？　と思い立ったのだ。

　美少年はささっと周囲を見回したが、各々己《おのれ》のお茶の時間と歓談《かんだん》の時間に夢中らしく、殊更《ことさら》こちらに注意を払《はら》っている人はいなさそうだ。

「じゃ、じゃあ……少しだけ、お願いしても……？」

　オーケー、ボーイ。任せな。

　まずはタオルをかけていただいて、その上から肩のラインをなぞる。美少年ってこのラインまで麗《うるわ》しいな。

　どれどれ、肩のこり具合は……そんな酷《ひど》くはなさそうだけど、少し疲《つか》れてるかも？　って感じかなあ。体って固すぎても柔《やわ》らかすぎても問題起こすものなのですが、ショウくんはバランスのいいしなやかさが保たれている感じ。あと、触《さわ》ってみると意外としっかりしているというか、もうちょい華奢《きゃしゃ》かと思ってたら着痩《きや》せなさるタイプでしたか、的な。

　ではまずは全体をほぐしていきましょう。いざ！

「強さはどうです？　痛かったり物足りなかったりしたら教えてくださいね」

「あ、ちょうどいい……と思います」

……これ、私が触ってるせいで、緊張《きんちょう》して固くなってるとかじゃないですよね。本末転倒《ほんまつてんとう》じゃないか。まあ、力加減はちょうどってことだから、大丈夫なのかな。

「――っ」

「あ、痛かったです？」

「い、いいえ！」

ビクッ！　と美少年の肩が跳《は》ね、私は一度手を離す。なんか指が痛いところにでも入っちゃったかな。

「このぐらいにしておきましょうか」

「えっ……」

あるぇ？　でもやめようとしたら、めちゃくちゃ残念そうな顔で見られる。

そんな……今まさに捨てられそうになっている子犬の命乞《いのちご》いみたいな目をされたら……。わ、わかったよう、もうちょっとだけね！

「……あっ。ふぅっ……」

「大丈夫です……？」

「だ、大丈夫……続けてください……」

いやあの、気持ちいいんだよね、それは気持ちいいってことでいいんだよね⁉

君ねえ、ただでさえ銀髪《ぎんぱつ》の美少年って見た目なのに、そんな悩《なや》ましげな吐息《といき》上げられると、私がめちゃくちゃ、いかがわしいことしてる気分になってくるじゃないか！　悪代官ちゃうもん‼

「お、なんだよショウ。羨《うらや》ましいことしてもらってんじゃねーの。掃除は一番うまいもんな」

手を動かせば喘《あえ》ぐ、しかし離せばこの世の終わりのようなショック顔をするショウくん相手に、

「どうすんだこれ」状態になっていた私だったが、そこに現れたるはマッチョメン騎士バンデスさん。

「サヤ。俺、さっき雑巾がけレース一位だぜ？　労ってもらえたら嬉しいんだけどな～」

状況《じようきよう》によってはセクハラみを感じないでもないお言葉だが、ビクンビクンするショウくんを持て余し気味だった私にはナイスアシストと言える。

「あ、でしたらお次はバンデスさんの肩こりをほぐさせていただきますね！」

「おう。よろしく」

軽く肩をポンポンして、最後しゅしゅっと流したら、ショウくんは終わり！　なんか虚脱《きよだつ》状態になってないかって気がするけど、コメントするのが怖《こわ》いからいったん見なかったことにしよう。次はバンデスさんだ！

「おう、いい筋肉……」

「だろ？」

バンデスさんはがっしりした体格だし、当然肩周りもしっかりがっしりしていた。まさに大人の男！　って感じの惚《ほ》れ惚《ぼ》れする肉模様だが……ふーむ、ちょっと張り気味かな？

「バンデスさん、最近夜更《よふ》かししました？　それか深酒」

「おー、よくわかったなあ。昨日知り合いと呑《の》みに行ってよ。そうしたらそいつと久しぶりだったもんで、すっかり盛り上がっちゃってさあ――」

団長辺りなら苦言を呈《てい》しそうな遊び方だ。まあなんか本当、イメージ通りの明るいおじさ……お兄さ……どっちなんだろ、私より年上、アラフォーラインなんじゃないかな、と見ているけど。

そして団長さんはバンデスさんよりは若い気がするけど、まだ二十代後半とかだと私の方が上になるな。あの大人びて落ち着いた団長より年上か。ふ、複雑な気分になる……せめて同い年、願わくばちょっと上ぐらいでいてほしいな！

何にせよ、バンデスさんは本日普通にお仕事出てきてますし、雑巾がけでは一位まで取ってるわけですし、昨日ちょっとはっちゃけたとしても問題ないと思いますね。パワフルな人が人生楽しんでる感じ、こっちまで元気をもらえるからいいと思います。

「おおー……上手だなあ、サヤ。めちゃくちゃ気持ちいいわ、これ」

「気に入っていただけたなら何よりです」

バンデスさんは、こちらがこうなってくれたら嬉しいなーと想像していた通りの、適度に気持ちよさそうな反応をしてくれた。

まあ彼は、ちょっとやんちゃ感はあるけど割と大人でもありそうだからね。社交辞令なのかもしれないが、嬉しいのでありがたく素直に受け取っておこう。

「いやあ、本当、すげーすっきりした。飯食って運動して風呂《ふろ》入って、よく寝《ね》た時の感覚だわ、これ」

肩もみが終わったバンデス氏は、ぐるぐると腕《うで》を回しながらそんな風に言う。

その表現はちとオーバーなのではないかい？　ま、まあ痛かったとか微妙《びみょう》だったよりは、なんか錯覚《さっかく》でもいい気分になれたってことならいいんですけども。

「さーて、しっかり休憩も取ったし、次は見回りにでも行くかあ。ほれ、ショウ、いい加減起きろ――」

「速報！　救援要請《きゅうえんようせい》です！」

ゆるゆるしている空気を一喝《いっかつ》し、次のお仕事を始めようとしたバンデスさんだったが、その時誰《だれ》かが叫《さけ》びながら部屋に入ってきた。

ただごとならぬ雰囲気に、竜騎士達がばっと一斉に立ち上がる。

「場所と内容」

「チューリアルの森で、魔物に遭遇《そうぐう》したと。防衛魔法の起動には成功したそうですが、怪我《けが》人がいるため動けないそうです」

「ほーん。最近じゃ珍しいな。誰ぞ無謀《むぼう》な風来坊《ふうらいぼう》が、街道《かいどう》外れて近道しようとでもしたのかねえ」

おお……仕事モードのバンデスさんのパリッと感よ。しゃべり方は相変わらずどこか軽めのところもあるけれど、テキパキ出動する人とお留守番に割り振って、簡潔に指示を出していく。

「つーわけで、サヤ。悪いけど俺ら、ちょっと出てくるわ。後のことは、留守番の連中に任せたから」

「了解《りょうかい》です。行ってらっしゃいませ！」

ピシッと敬礼すると、バンデスさんはにっかり笑って手を振り、詰め所を出て行った。

バンデスさんのお出かけ中は、まったりお留守番組と詰め所を見て歩き、和《なご》やかに昼食をいただき、最終的には日頃《ひごろ》使う道具のお手入れを手伝わせていただいた。

お留守番組に割り振られたショウくんの挙動不審《きょどうふしん》模様は心配だったが、バンデスさんが出て行くぐらいのタイミングで復活し、その後はいつもの彼に戻《もど》ってくれたようだ。

「大変お見苦しいところをお見せしました……」

なんて恐縮《きょうしゅく》して頭を下げられてしまったけど、うん、……私の方こそごめん。いや、すっきりしたらしいんだけどね。

「体が軽いです！　こんな気持ちになったの、初めてかも！」

とか、君それ何かのフラグ立ててない？　って心配になるほど元気になってたみたいだから、まあ、はい。終わりよければすべてよかろう！

穏《おだ》やかに雑談しながら予備の鎧《よろい》を磨《みが》いていたところ、何やらぞろぞろやってくる気配。

「おーっす……」

「お帰りなさいませ、バンデスさん！」

お、やっと救援要請だとかに向かっていた皆様が帰ってきたぞ！

お留守番組でお出迎《でむか》え。よかった、目に見える大きな負傷をしている人などはいなさそうだ。でも、皆疲れた顔をしているような……？

「どうかしました？　危険度の高い魔物でも出ちゃいました？」

「まあ、ある意味で危険度の高い奴《やつ》とぶち当たったわな……あ、今ここにいない奴らは後から来るから」

特に、出て行くときはあんなにこの世の春！　って風情だったバンデスさんが、なんかしおれているように見える。

ショウくんが早速《さっそく》お茶の準備を……さすがプロの竜騎士見習い、早いな！　私もこれから彼と同じことするんだから見習おう……せめてお茶の準備ぐらいはせねば。いやだって本当、全身から大変なお仕事でしたって空気垂れ流してますもん。

「あー。あんがとな、サヤ。ただ、わりーんだけど、よければ俺らじゃなくてさ、竜達のこと、見てやってくんねーか？」

「竜……えーと、また中庭……バルコニー……？　あそこに行けばいいんですかね」

「そうそう。ま、俺らに怪我人はいねーんだけど、ちょーっと気疲れする任務だったかもしれなくてよ」

「ちょうどいいですね。仕事をしてくれた竜には、お礼に竜の好物のお菓子《かし》をあげるんです。食べ物よりもとにかく今は眠《ねむ》たい！　って竜達がなってる時は、翌日以降にお礼をするんですけど」

説明上手のショウ先輩。なるほど、把握《はあく》いたしました。そういうことであれば、また一肌脱《ひとはだぬ》いでみせまっせ！

これで三度目になる例の場所。今回は時間帯が夕方だから、前の二日と違って西日ロケーションだ。ほう……夕焼けシルエットの竜も乙《おつ》なものですねえ。輪郭《りんかく》が美しいんだもんな、彼ら。

「ローリント、こっち来いや。サヤがお前にご褒美《ほうび》くれるってよー」

隣《となり》のバンデスさんが手を振ると、並んでいた竜のうちの一匹《ぴき》がくるりとこちらを向き、てしてしと歩いてくる。

……バンデスさんが名指しで呼んだってことは、たぶん彼の担当竜なのよな？　ちょっと意外な方向性で来たな……。

というのも、団長さんの担当竜グリンダ嬢《じょう》は、正統派竜！　って感じの、首もしっぽもすらっと長い竜だったのですが、バンデス氏が呼んだローリントという竜は、なんというかこう……丸い。全体的に、丸い。

あれだよ、同じ鳥でもさ。鶴《つる》とかは細長いじゃん。でもなんか、冬の小鳥とか、首なくなるじゃん。いやあるけど、羽毛《うもう》の下に埋《う》もれてて見えないじゃん。あんな感じ……。

グリンダちゃんも可愛い顔をしているのだが、彼女《かのじょ》は凛々しい系に分類されるだろう。

ローリント……ちゃん？　くん？　は、完全にこう……お餅《もち》だね。もふもふの餅だね。つぶらな丸いお目々だしね。グリンダちゃんはもうちょっとこう、アーモンドアイ的なね、感じだったからね。

今回はこういう方向の殺人毛玉なのか、異世界のもふ竜様マジパねえないいぞもっとやれ。

「…………」

ローリントちゃん（仮）は私とバンデス氏を見比べ、そして首を傾《かし》げているらしい。

「あ、サヤ。そいつ慣れないうちはほぼ何考えてんのかわかんねーだろうけど、大丈夫だから。グリンダにやってくれたみたいなこと、お願いする。あと性別は雄な」

ローリントくん、理解。担当の竜騎士様がそうおっしゃるので、い、いざぁ……。

おう。おう、おーう！

汚《きたな》い喘ぎ声はNG。

いやだってこの……グリンダちゃんはね、すべすべ感もある高級なもふもふだったけど、ローリントくんは、まさしくふわふわもふもふ！

優《やさ》しい手触《てざわ》り……涅槃《ねはん》がここにある……可愛いと心地《ここち》よいの暴力よ……。

あ、大丈夫です、一瞬《いっしゅん》手触りのよさに昇天《しょうてん》しかけましたが、一応まだ意識保ってるし手も動かしております。

さて、反応をうかがいながら少しずつ部位や力加減の調整を……つぶらだねえ！　でも何考えてるのか今ひとつわからないねえ！　そこがいい！

「サヤ、なんかな。羽の付け根というか、背中の所をな、やってほしいんだそうだ」

団長の時はグリンダ嬢ご本人があーしてこうしてと主張する御仁《ごじん》だったので竜騎士は見守り係でしたが、ローリントくんはじっと岩のように佇《たたず》んで動かないので、バンデス氏の翻訳《ほんやく》……通訳？　がありがたい。

背中ですね、よしきた！　……あ、でもちょっと手が届かないような……。

「ちょっと高いか？」

「そうですね、竜の皆さんって結構大きいから――」

「じゃー、乗るかあ」

「………ん？」

はい。

事態を察知したときにはね、既にね。持ち上げられていたね。

結構軽率に人のことひょいひょいするよね、竜騎士の皆さんって‼

「ちょっ、バンデスさん⁉」

「ほれ、はよせい。それともこのままやるかい」

私、サヤ。今、マッチョメン騎士から不意打ちリフトを食らっているの。

そして突きつけられる二択《たく》。

ふわふわもふもふのお背中によじ登りますか？

マッチョメン騎士にたかいたかーい！　されたまま、もふもふを続行しますか？

……うおおおお、アラサーなんだぞ、後者が選べるわけないだろうが、絵面《えづら》がえげつないわ‼

「うぐ、ご、ごめんなさ、ローリントくん、ぐおおお……」

「…………」

やはり筋トレは必要。這《は》い上がるのって結構力いるんだね。

登ろうとする過程でばたついてしまって非常に申し訳なく感じたのだが、ローリントくんは相変わらず不動だった。

これ、起きてる？　寝てない？　背中に登ったから、もう目が開いてるかわからないなあ。

「礼はいいぞー。そのうち自分で登れるようになれなー」

「なんっ……あ、ありがとうございます……!?」

どちらかというと罵倒《ばとう》するところなのでは？　とも思ったが、まあ、ローリントくんが背中の羽の付け根をよろしくと要求している以上はね。登る必要はあったから、お礼は言うけれど……。

「心臓に悪いので、次からはせめて予告してから持ち上げてください」

「おー」

なんとなく、次はもうやめてね！　と言っても聞かないいんじゃないのこのマッチョメン？　という気がしたので、現実的なラインで念押《ねんお》しはしておく。

「はっ……破廉恥《はれんち》ですよ、バンデスさん！」

「あ？　どこがよ」

いいぞショウくん、もっと言って！

……さて、無事位置取りも完了《かんりょう》したことですし、気を取り直してローリントくんのお手入れに戻ろう。

羽の付け根とな。ふむ……なんかちょっと、右？の方がざらついている気がするな。他の所に比べて手に違和《いわ》感がある部分を、そっとなでなで。ふわふわもちもちになーれー……。

「……うきゅ」

なんも言わないローリントくんが、ぽそっと声漏《も》らしたけど、どういう意味なのかやっぱりわからん!!

「あ、そこがいいってよ。俺からだとどこかわかんねーけど」

ありがとう同時翻訳の人！

若干時間差があったせいで私もいまいちどこなのかわからないけど、たぶんこのざらざらの部分だろう！

……そんなわけでめっちゃ撫《な》で回してたら、だんだんふわふわもちもちになってきた気がする。この感じなら他の部分と大差なくなってきたのでは？　うん、もうざらついてないかな。

「……きゅん」

「サヤ、もういいってよ。お疲れー」

私がそろそろかな？　と思ったところで、ちょうどバンデスさんのお声がけ。

了解です。ローリントくん本当何も言わないし、たまに何か言うときもめちゃくちゃちっちゃい声で短く一声鳴くだけなので、「なんて？」って二重の意味でなるんだよな。同時翻訳していただけるとマジで助かります。

しかし……そうか、登ったら降りる、当たり前のことだ。前はグロッキー意識朦朧《もうろう》状態で、竜騎士の皆さんがわーわー慌《あわ》てながら引きずり下ろしてくれたような気がするけど、改めて自分で竜の上から降りるって……結構高さがあって怖い。

「サヤさん、大丈夫ですか？　降りられそうですか？」

「だいじょーぶ。飛び込んでこーい」

「いやいやいや……ローリントに段差のある場所に移動してもらった方がよくないですか？」

「訓練所ならあるけどなあ。ここだとちょうどいい高さの台、ねーじゃん？」

私が躊躇《ちゆうちよ》している様子を見てだろうか、気遣《きづか》いの師匠《ししよう》ショウくんが何やらまた気を利《き》かせてくださる感じ。

「どうかしたのか？」

「団長！」

その声は……！

本日は別件でお忙しいらしい団長が颯爽《さつそう》と現れた！

彼はぐるっと周りを見回し、状況を察したように頷《うなず》いて、そしてローリントくんの側までやってくると。

「サヤ」

なぜでしょう。バンデスさん相手だと、「ちょっともーうおじさんノリはやめてくださいよー！」みたいに返せるところだが、団長相手だと「はい……」って行くしかないこの感じ。

思い切って、ちょっと急な滑り台から降りる感じで……えーい！

「……な。怖くなかっただろう」

はい。

団長さんが、魔法で作ったクッション的なものをご用意してくださっていたので、それはもう、ええ。全然大丈夫でした。

知ってた！　そうだよね、私アラサーなんだしそんな、「抱《だ》き留めてやるから大人しく抱かれろよ（イケメンにのみ許されるボイス）」なんてことはないって、知ってた!!

これはね、バンデスさんが余計な前振りした上に、今日見てなかった団長と不意打ち遭遇なんてしたから、うっかり気が迷ったんですよ。

あー冷静にわかっても恥ずかしー！　うおおお誰か私を処せ、このちょいちょい年甲斐《としがい》もなく自動起動する乙女《おとめ》スイッチを永久封印《ふういん》してくれ‼

「なんでそんな試合に勝って勝負に負けたみたいな顔してるんだ、サヤ」

「大丈夫ですか？　お疲れでしたら、今日はもう帰ります？」

私の羞恥《しゅうち》の原因と、気遣いカンスト師匠が順に声をかけてくる。

そんな二人の更《さら》に後方には、またもふもふ竜達の群れ。お仕事終わった竜はローリントくんだけではない。彼らはこの前と同じように行儀《ぎょうぎ》良く列になって、わくわく私を見つめている。

……ちょうどいい。来いやぁ！　このいかんともしがたいもやもや、お前ら全員モフって解消してやるよぉ！

燃え尽《つ》きるまでモフってやった。そしてまた私の肉体は死んだ。

「きゅう♥」

「きゅうきゅう！」

「きゅんっ」

口々に満足そうにお鳴きあそばされてお帰りいただいたところまでは見届けたので、ちゃんとお給料分の働きはしたと思うんだ。そこで力尽きてへばったわけだけども。

「サヤの奴、まーた竜の撫ですぎでへばってら。じわじわ来るんだよなあ……普通あるか？　竜撫ですぎて倒《たお》れましたって。ウケるんだが」

「……ああ。しまった。今回はやりすぎの兆候が見えたら途中《とちゅう》で止《や》めようと思っていたのに、つい気迫《きはく》負けしてしまった」

「団長……まあ、サヤさん、すんごい顔して撫でてましたからね。ちょっと声、かけにくかったかなー……」

よくサスペンスドラマで見る死体の倒れ方のまま伸《の》びていると、上からそんなヒソヒソ……いやヒソヒソしてないな、普通に話している声が聞こえてくる。

死因：もふもふ。

いや死んでない。死んでないよ。燃え尽きただけで。

というか前もこういうことありましたね、デジャビューってやつだな。

そういえば前はこの後……ハッ、いかんぞサヤ！　そも、なぜ団長さんが声をかけられないぐらい気迫を持って竜を撫でてたかって、だって意識したらなんかいたたまれなくなるからで……！

「あ、今回は俺が持ってくんで。元々今日の担当だし。団長はお仕事戻っていただいて大丈夫っすよ」

ひょいっと抱《かか》え上げられた気配がしたけど、この腕の太さは蛮族、じゃないバンデスさんだね。しかも担《かつ》ぎ方が小脇《こわき》に抱えるあれだね。

「ちょ、バンデス、持ち方雑……」

「あん？　だって肩に乗せたら高いとかなんかで怯《おび》える奴多いからよ」

「いや……おんぶとかだってあるじゃないですか……？」

「いいんだよこれで、本人も何も言ってねーし」

「ええ……？」

ショウくんが代わりに突っ込んでくれたけど、なんかもう私からは言葉を発する気力がない。

私は荷物かい？　いや姫《ひめ》抱《だ》きもね、恥ずかしいからアレなんですけども。特に今この状況で団長さんにもう一度抱かれたら（※語弊《ごへい》あり）、私マジで頭がパアンなってたと思うんで、バンデスさん落ちでもね、別にいいんですけども。

それはそれとしてこの露骨《ろこつ》な物扱《あつか》い、もう少しだけ丁寧《ていねい》に抱えていただいても良いのじゃよ？　我ながら注文の多い乙女心。

「でもそういえば確かに、今日はこっちに来て大丈夫だったんですか、団長」

「…………。すまない。正直に言う。むしゃくしゃして竜を見に来てしまった……」

「あっ」

「あー……」

む。なんだこの空気。団長さんがしょんぼりしている上、それに他の竜騎士一同が「そらそうなるよな」って反応している。

「……戻る」

「お……お疲れ様っす……」

「終わったらグリンダにいっぱい構って……くれるといいけどな、あの竜……」
「大丈夫、グリンダはなんだかんだ団長のこと大好きだから、さすがに空気読んでくれるはず、さ……」

そして彼はすごすごと立ち去って行った。いっつも万事《ばんじ》において適当なバンデスさんが気遣いしている、これもレアな光景な気がする。

なんだろう。ご領主様だって話だし、なんかそっちの方で嫌なお仕事とかしなきゃいけなかったのかな。

「サヤー。次、団長と時間ある時はよぉ。あいつのこともほぐしてやってくれよな……」
「今一番お疲れでしょうしね……本当に……」

よくわからんが、私にできることならばもちろん精一杯《せいいっぱい》やってやりやしょう！

まあその前にまずこの小脇抱え姿勢なんとかしてもらってからの話な気もしますがね‼

◇◇◇

さて、そんなこんなで翌日以降。

万能湿布《ばんのうしっぷ》を貼《は》りまくれば、前日の筋肉疲《づか》れだって超速《ちょうそく》再生するのだ。無事復活を果たした私は、あれから何日か、バンデスさんとショウくんと竜騎士見習い業務に引き続き当たっていた。

ちなみにこの数日は掃除して備品磨いて勉強する合間に、竜をモフモフしている日課を続けてございます。

前二回の反省を生かし、竜のもふもふタイムには一匹あたりの時間制限をつけることに致しました。まあ……そうしないと私いつまで経《た》っても一匹をモフり倒してしまうしね。

最初ショウくんが時間制導入を告げた時は、竜の皆さん納得《なっとく》してくれるのかなってちょっと心配だったけど、案外彼らは物わかりがいい。

まあ何も言わずとも、行儀良く順番通りに並んでたしなあ。あれもね、どうやら竜同士で疲労《ひろう》優先度を見分けて、お疲れ度が高い子を先にしているんだって。賢《かしこ》くて可愛いもふもふはほんまにたまらんねえ……。

あとついでにこれは完全な趣味枠《わく》ですが、竜騎士の筋肉もモミモミさせていただいております。いやだってみーんな最近しおしおしてるんだもの。どしたのかしら。ハンドパワー注入でちょっとだけ元気になってるみたいだから、少しぐらいはお役に立てているといいのだけど。

しかし一番ハンドパワーが必要そうな団長だけ、ここ数日ずっと見ていない。

この前、なんかいつもと違うげっそり感を見たから、ちょっと心配だよね。ちゃんと眠れてるのかな、あの人。いかにも仕事でうっかり三徹《さんてつ》ぐらいしそうな顔してるけども。

「あー、サヤ。詳細《しょうさい》については、そのうち団長から正式に話があると思うけどよ……」

そんなことを考えつつ備品を磨いていたところ、バンデスさんが切り出してきた。

私は「ん？」という顔をするけど、周りは皆「あれか」って表情になっている。なんぞや。

「実は、今な。辺境領《ここ》、お客人が来てるんだわ」

「はあ……あ、もしかして先日救援要請とやらで助けに行った方々ですか」

「そー、それ」

すぐに思いついたのは、タイミングが露骨だったためだ。

だってあの日以来団長さん見なくなったし、他の皆さんは全体的にげっそりしてるしな。

「団長は今そっちの面倒見るのに忙しいわけなんだが……まあ、サヤもそのうちな。たぶんお客人と顔合わせることになるからよ。そういう予定だぜってことだけ」

ふむふむ、と鎧をきゅっきゅしていた私は、あれ？　と思わず手を止める。

「でも私って確か、久しぶりに異世界にやってきた訪問者で、あんまり知らない人と会っちゃいけないんじゃなかったんでしたっけ……」

おっと。皆手が止まったぞ。そしてなんか空気で察したぞ。

これはあれだね……厄介《やっかい》事が持ち込まれた予感がするね……！

四章　野生の悪役令嬢《れいじよう》と赤様が現れた！

さて、筋肉騎士《きし》ことバンデス氏から不穏《ふおん》なフラグを立てられてから数日後のこと。

「サヤ様、もう一度！　ほらっ、息を吸って、吐《は》く！　ひっひっふー！」

「いやいや無理無理、この辺で手を打ちましょうって、大丈夫《だいじようぶ》ですよ誰《だれ》も私のウエストに期待なんかしてないし、あとそれ産む時の呼吸法――」

「そうは参りません、わたくしが着付けを任されたからには、徹底《てってい》的に絞《しぼ》らせていただきます！　あと三センチ！」

「ぐぎゃあああああ！」

私はマイアさんに攻《せ》め立てられて息も絶え絶えになっていた。

おかしいなあ、この異世界は誰でもクリア可能☆イージーモード級のはずだったんだが、急に難易度が変わったぞ。

いや、ね。確かにね。何の取り柄《え》もない陰《いん》キャのアラサーだけど、異世界来てちやほやしてもらえてるし、このままうっかり姫扱《ひめあつか》いされちゃったりなんてして、キャー！　みたいの。ちょっとした気の迷いで言ってはいたよね、自分。

そして昨晩、

「明日はいよいよ、お客様との顔合わせでございます。ゆえに、サヤ様にも正装で出ていただく必要があるので、お覚悟《かくご》を」

なんて神妙《しんみょう》な顔でマイアさんに言われて、

「えっ……ついにドレス着ちゃうんです、アラサー日本人だけど着ていいんですか!?」

ってテンション上がった。

それはですね、はい、確かに身に覚えのある事実なのですけれども。

悲報。イージーモード異世界でも、お姫様はコルセット装備する生き物だった。

「ふ、ふんぬらばー！」

「……まあ、ここまでやれば、先方に侮《あなど》られることはないでしょう」

いやもうちょっとこうさあ、シルエット整える程度だよなって思ってたじゃない。要は補整下着でしょって。

柱にしがみついて、奇声《きせい》を上げないと乗り越《こ》えられない感じの、伝統的な方のコルセットだったね。ラマーズ法採用も、あながち間違《まちが》いではないかもしれぬ。現代日本の着物の着付けだって、ここまでぎゅうぎゅうされたことなかったわ。

ようやくマイアさんからＯＫのお許しをいただいた頃《ころ》には、もうこれだけで私帰っていいですかという心境になりかけてたけど、逆にそこが一番の難所だから、後は普通《ふつう》に想定の範囲《はんい》内だった。

メイクの大部分とヘアセットは着付け前だったしね。そこでわくわくしてたら予想外の内臓圧迫《あっぱく》刑《けい》だったので、より落差で心理的に来たというか。

「おお……着てるの私なのに、ちゃんと貴婦人に見える……」

仕上げに鏡を見せていただいた私は、思わず感服のあまりに素直《すなお》な感想を述べる。

こんなにいい素材だったかしら？　ちゃうちゃう、飾《かざ》り付けてる人の腕《うで》がすごいのよ。

「当たり前です」

いや本当に。お見それしました、侍女様《じじょ》。プロってすごいね……胸張って立ってればそれっぽく見えるのだもの。中身私なのに。このまま張り切って移動です！

「サヤー、どうよー」

「準備はできました、か……」

お、どうやらイツメンコンビも到着した模様。

お二人とも、髪型《かみがた》といい服装といい、やっぱりいつにも増して気合いが入っている。

バンデスさんは、鎧《よろい》装備の上にキラキラ度が増してるっていうか……お仕事出かける時は実用的装備だったけど、今日はより見栄《みば》え重視の装飾《そうしょく》過多風にお届けしてみましたって雰囲気《ふんいき》。

ショウくんなんか、普段《ふだん》は見習いですから軽装気味ですけど、今日はしっかりいかにも良家のご子息ですって出《い》で立ち。

そんな二人は、私を見るなり瞠目《どうもく》し、黙《だま》り込《こ》んでしまう。

「……あの。自分では、悪くないと思うんですけど……やっぱり変ですかね……？」

がっつりコルセットなドレス装備とはいえ、中の人が中の人なので、あんまりフリフリとかリボンたっぷりみたいな感じではなく、色合いも派手すぎず地味すぎず、上品にまとめてもらった。

参考までに、ドレスを着るならどういう方向性がお好みです？　ってマイアさんに事前に聞かれたので、「そうですね……落ち着いた大人の女性的な、こう……」とかふわっとした発注をしてしまったわけだが、そこはプロ侍女様、的確に仕上げていただきました。髪型もね。ちゃんと結《ゆ》い上げて、でも堅苦《かたくる》しくなりすぎない感じ。

……って、個人的には大満足な仕上がりなのだけど、やっぱ異世界の猿《さる》が気合いだけ入れて痛々しく見えちゃってるんですかね？

「うーわびっくりした……しゃべるとマジでサヤじゃん。ここまで化けるもんなんだなあ」

「あの……お綺麗《きれい》です！　本当に……お綺麗です！」

な、なんだよう！　時間差で褒《ほ》めるなよう！　照れるじゃないか！

いや褒めてるのか？　そうじゃないな、ただ普段と違う見た目だから一瞬《いっしゅん》誰かわからなかった的な、そういうあれだな。うん。すぐ舞《ま》い上がるのよくないぞー、しっかりしろ。

「も、もう……一瞬そんなにひどく見えるのかって、焦《あせ》っちゃったじゃないですか」

「マイアが監修《かんしゅう》してるんだからそりゃねーよ」

「サ、サヤさんが着るんですから、そんな変になんてなりませんよ……！」

バンデスさんはいつもの延長、自然体のリアクションなんだけど、ショウくん。君、マジであれだね。私のこと褒めて殺すつもりだね？

この子は好意的でいてくれるのは嬉《うれ》しいけど、なんか油断するとどこまでも私が増長してしまうからな。固く自制せねば。

とかやりとりしてる間に、またも誰かがやってくる気配。

「お、団長」

「そちらも準備完了《かんりょう》したようですね」

竜騎士《りゅうきし》二人（正確には、竜騎士一名と見習い一名なのだけど）は、口々に今一人の参加者に声をかける。一方で私は口を開いたものの、声が出せない。

そっか。そうだった。人間って本当に感動すると言葉が出てこないんだ。

「…………」

うわあ……マジで王子様がいる……。

いやね、「団長は王子だよ」って聞いてはいたし、「イケメン揃《ぞろ》いの竜騎士の中でも本当に顔がいいよなこの団長。顔だけじゃなくて全体のバランスがべらぼうにいいんだよな本当」って常日頃《つねひごろ》から思ってはいたけども。

でもさ。最近この美形にも、見慣れてきてたというか、ちょっとは耐性《たいせい》もついてきたかな、って思っていた矢先にですよ。

いやもう、王子じゃん。どこからどう見ても王子じゃん。団長だけど、団長じゃないんよ。王子なんよ。それもこう、ただただ若々しい十代じゃなくて、ちゃんと大人の王子様的な……言語化下手くそか!?　とにかくかっこいいなあ……！

「いや。二人とも。コメント」

あまりにお互《たが》い黙っていたからだろうか、バンデスさんが突《つ》っ込みを入れてきたため、ようやく我に返る。

……ってそういえば、なんか静かだなと思ってたけど、団長さんもこの間ずっと無言だったな⁉

ど、どうしよう。変なのかな。今更《いまさら》髪とかいじっちゃう。そわそわ……。

「だ……団長さん、ですよね……？」

「あ、ああ……」

「そういう格好《かっこう》も、す、すごくお似合いですね、びっくりしました……！」

「ああ……サヤも、その……似合っていると、思うぞ……？」

「いやいやいや……」

「……なあ、ショウ。俺《おれ》たちは一体、何を見せられているんだと思う？」

「サヤさん……なんで団長の言葉にはちゃんと照れるんですか、僕《ぼく》だと軽く流すのに……」

言葉を思い出せば、今度はお互いを褒めるマシーンと化しかけてしまった私と団長アーロン氏だが、そうだ、この場にはほかの竜騎士の皆《みな》さんもいたし、これから何やら不穏なお客様と相対しなければならないのでした！　大事なことを思い出したぞお！

「ええと……それで、今日私が顔を合わせる必要がある、大事なお客様というのは……」

団長さんがため息を吐《つ》き、説明をしようとしたまさにその瞬間。

「お待ちくださいませ――！」

「いいえっ、アーロン様、どこにお隠《かく》れになりましたの！　妾《わたくし》をのけ者に事を進めようなんて、許しませんのよ‼」

バアーン！　と勢いよく開かれる扉《とびら》。

なんだなんだ。何事。でも竜騎士の皆さんは臨戦態勢というより、「あちゃー来ちゃったかー」という雰囲気……？

私は乱入者の方に目を向け、はっとした。

なぜマイアさんが本日私の腰《こし》に鞭打《むちう》ったかわかる、それはもう華奢《きやしや》な腰。なのに出るとこは出ていて、ぼんきゅっと凹凸《おうとつ》がしっかりした上半身（下半身は豪華《ごうか》なドレスだから詳細《しようさい》がわからないけど、たぶん期待違《たが》わずなんじゃないかな！）。

ぱっちりした目鼻立ちは、ちょっと意志の強さが目立つお顔立ちながら、とっても美少女。そして極《きわ》めつきは、見事な金髪《きんぱつ》の縦ロール。

どこからどう見ても高飛車お嬢様《じよう》。そんな見目の方が、私に扇子《せんす》をビシッと突きつけ、一言。

「見つけましたわっ、この泥棒猫《どろぼうねこ》っ‼」

——これはまごうことなき、野生の悪役令嬢だ‼

思わず私は心の中で歓声《かんせい》を上げてしまったけど、口に出さなかったので偉《えら》かったと思う。

「……紹介《しようかい》する。隣国《りんごく》の伯爵《はくしやく》令嬢、エメリア＝マーガレット＝ヘンフリーだ」

団長さんがかつてないほど渋《しぶ》い顔及《およ》び渋い声で、簡潔に見知らぬ悪役令嬢（仮）の紹介をしてくださった。

なるほど、隣国貴族ヘンフリー家のエメリア嬢。それだけわかればなんとなく色々察せられるというもの。何のためにアラサーは今日こってり内臓を絞られなければならなかったのか。たぶんこのお嬢さんを礼儀《れいぎ》正しくお迎えするためだね。

そうと決まれば、私は即座《そくざ》に叩《たた》き込まれた異世界マナー講座を発揮すべく頭を下げる。

……ポーズが地味に締《し》め上げた腹に染《し》みる。泣けるぜ。

「お初にお目にかかります、ヘンフリー伯爵令嬢。異世界から渡《わた》って参りました、サヤ＝イシイと申します――」

「泥棒猫！」

おっとぉ、隣《となり》の国の高貴なるお方は割とド直球に罵《ののし》ってくるタイプであらせられるのか。さっきのは聞き間違いかなと思って積極的に流していたのだけど、リピートされるということは、私が罵《ば》倒《とう》されているのはどうやら錯覚《さっかく》ではない。

周りの竜騎士の皆さんがドン引きないし「うわあ……」ってリアクションしてるのも残念ながらしっかり現実のようだ。

とはいえ、私はアラサー、結構いい年した大人。この程度でかっとなってへそを曲げたりはしません。

……というか正直、なんで怒《おこ》られてるのかわからないと、理《り》不《ふ》尽《じん》に対する憤《いきどお》りより先に困惑《こんわく》来ません？　今そんな感じなんだよね。私今このお嬢さんと会ったばっかりで、何か物を盗《と》るような接点なかったと思うんだけどな……？

「申し訳ございません。こちらの世界に不案内の身ゆえ、日々精進《しょうじん》しておりますが、勉強不足にてご無礼があったのやもしれません。恐《おそ》れ多うございますが、何卒《なにとぞ》ご指導ご鞭撻《べんたつ》いただきたく――」

「お嬢様っ、ステイッ‼」

「きゃああああっ⁉」

とりあえず色々修飾《しゅうしょく》過多めの表現で包みつつ「ごめんね、申し訳ないと思ってはいるのだけど、何がそんなに気に入らないのか正直わからないのです。教えてもらえると嬉しいな」なんて返してみたところだったのだが、そこでまた新たなる侵入者《しんにゅうしゃ》。

バタバタと駆《か》け込んでくる足音と共に、伯爵令嬢が取り押《お》さえられ――取り押さえられた⁉

えっと、なんかこう、従者さん……いや、女騎士……？　にキャッチされて、じたばたなさっております。

「放《はな》しなさいっ、ティルダ！　妾はこの泥棒猫《どろぼうねこ》に、立場の違いというものをわからせなければならないのっ――」

「ただでさえ！　こんな所まで押し入っている時点で、我々の評判は地に落ちておりますのに！　これ以上悪行を重ねてどうするおつもりですか⁉」

「あ、悪行――⁉　違うもん、妾悪いことしてないもん‼」

オゥ、ミス。ヘイ、ミス。これは笑っていい方の茶番なのかい、それとも取り繕《つくろ》ってないとだめな方の茶番なのかい。

周囲に助けを求めるように目をさまよわせてみた。

相変わらず渋面《じゅうめん》不動の団長、既《すで》に笑いがこらえ切れてないバンデス氏、なんとも表現しがたいお顔のショウくん……うん、まるで参考にならなかったな。

仕方ないから、落ち着くまで見守っておこう。

たぶん私が一番の部外者ということもあり、下手なことしたら、ますます相手を刺激《しげき》しそうっぽいし。

ちょうど深いため息を吐いた団長が前に出てくれそうだったので、お任せすることにした。

「……エメリア嬢。サヤ＝イシイ殿《どの》は、我《わ》が世界に百年ぶりにいらした訪問者殿であらせられる。失礼な態度を取らないでいただきたいと、事前にお伝えしていたはずですが」

「返す言葉もございません、閣下。ほら、お嬢様も、ちゃんと謝《あやま》ってください！」

「だって……だってひどい、アーロン様！　妾というものがありながら、ほかの女性と一つ屋根の下で過ごすなんて！」

んんんんん？　この典型的な悪役令嬢ムーブをかましているように見える破天荒《はてんこう》なお嬢様の登場以来、ずっと置いてけぼり状態の私だが、過去最高に話がわからない。

なんなのだこれは、一体どういうことだ。浮《う》いた噂《うわさ》の一つもなさそうな堅物《かたぶつ》顔の団長氏に、まさかのスキャンダラス修羅《しゅら》場《ば》か。

こういうとき、わくわくすべきなのか、幻滅《げんめつ》すべきなのか。とりあえずなんか色々情緒《じょうちょ》がぐちゃぐちゃになった結果、すごい変なテンションになっている自覚はある。

どういうことですか、竜騎士各位。

……バンデスさんはもはや腹を抱《かか》えて笑っているし、ショウくんは白目だ。そのほかの皆さんは大体そっと目をそらしている。

そして渦中《かちゅう》の団長ときたら、やっぱり不動……あなたクール系っぽい感じあるとはいえ、ご令嬢

から投げかけられているワードの過激さ的に、もうちょっと表情動かしてくれてもいいんですよ⁉

あ、でも深いため息を吐いたあたり、なんかこう……疲《つか》れてます、団長……？

「エメリア嬢。十年も前の話ですよ」

「でもアーロン様は、妾が大きくなったらお嫁《よめ》さんにしてくれるって……！」

「あれは……あの場でそうお答えしなければ、貴女《あなた》が大泣きして、私を放そうとしてくれなかったからです……」

「では、口から出任せだったとおっしゃるの⁉」

「やめましょうお嬢様、やめてください。お嬢様の素直でこうと決めたら突っ走るところはね、美徳でもあります。でもこの場合は完全に悪徳の方にいっているし、何よりこの話を何度も聞かされる身内の自分は……自分は本当に、辛《つら》い……」

うるうるお目々の令嬢、後ろ向き姿勢の団長、そしてご令嬢の横でわっと泣き出すお供の女騎士（仮）さん……うーむ、相変わらず、カオス。

しかしなるほど、激流に身を任せてどうかしていた私にもちょっとずつ事態がわかってきたぞ。

つまりこのお嬢様は、幼なじみ……とまでは行かずとも、かつて団長氏と面識があり、そのときどうも将来の約束をしている。

察するに彼女《かのじょ》は十代後半、ティーンズ真っ盛《さか》りですから、まあ少女時代の初恋《はつこい》といったところでしょうか。団長さんめちゃくちゃかっこいいからね、憧《あこが》れちゃうの、わかるよ。

……で、団長氏側からすると、少女に押し負けてつい了承《りょうしょう》はしてしまったものの、子どものことだし全然正式な約束ではない。とはいえ、イエスと言ってしまった過去がある以上、完全無視とも行かず。なんか、そんな感じなのでしょうね。

さて、そうなると確かに私は……まあ、小さい頃から憧れて、お婿《むこ》さんにするんだって決めてた人が、ある日得体の知れない女を拾ってきて世話を焼いているなんて知ったら、心穏《おだ》やかじゃいられないですよね。一応私の存在機密事項《じこう》だったはずなので、そうなるとどこから漏《も》れたんだろうってあたりとか、ちょっと不穏に感じてしまったりもしますが……。

エメリア嬢の事情はわかってきたが、まあ正直私はマジで団長さんには保護してもらってるだけの人間だ。なんとか事情をわかってもらわねば、責められている団長さんが不憫《ふびん》である。いや、まずは落ち着いてもらうところから……うーん、どうやって？

そんなことを思っていた瞬間、ばばっと周りの竜騎士達《たち》が急に動いた。

「サヤ！」

「お嬢様！」

私は咄嗟《とっさ》に伸《の》ばされた腕の中に囲われ――そしてバリーンと、派手に物が砕《くだ》ける音がした⁉

説明しよう！　我々が修羅場を繰《く》り広げていた場所は、城内の応接室（ファンタジー世界換算《かんさん》だと謁見《えっけん》の間って言った方がいいんですかね？）。まあ、要は城主が外部からの客人を迎える明るい場所だ。

絶賛ニート生活を送らせていただいている城は、元は辺境の守備のために建てられた、がっつり防衛目的の建物である。

でも先代訪問者の皆様が色々頑張《がんば》ってくれた結果、近年は太平に恵《めぐ》まれている。そうなると、機能性優先で殺風景な辺境の城にも多少は宮殿《きゅうでん》っぽい改装など施《ほどこ》されるわけで。

私が割り当てられているゲストルームなんか、その最たるものなのだそうだ。

要は「せっかく訪問者様が来てくださったのに、ちゃんとした宮殿に住まわせてあげられなくて申し訳ない」みたいな感じでマイアさんから説明されたわけだが。

現代日本の一人暮らし用ワンルーム生活に慣れている人間だと、「おほーい寝室《しんしつ》と食堂と台所が別にあるー！」というだけでも大分テンション爆上《ばくあ》がりなんだけどね。

「人が幸福に住める広さの家じゃない（意訳）」って海外から評価されたとかされてないとか言われるミニマリスト国家の民《たみ》だからな、こちとら。

何ＬＤＫなのか目測不可能な建物は、皆すごいカウントされるだけだから、城か宮殿かなんて些細《ささい》な違いでがっかりなんかしないよ……。どちらかといえば、広くて部屋数が多いので、迷子の方が心配かな。それも私の場合、部屋から出る時は誰かと一緒《いっしょ》に行動するから、問題ナシ！

で、話を戻《もど》すとだ。今いる応接室は、まあたぶん改装して宮殿っぽく寄せた感じのお部屋で、全体的に明るくちょっときらきらしてるんですが。その理由の一つとして、お部屋に結構大きな窓がいくつかあって、そこから贅沢《ぜいたく》に採光しているのですな。

派手な音を立てて、その窓の一つが割れた。そして、何者かが無理矢理、そこから室内に押し入り――。

「グリンダ!?」

私を抱えて迎撃《げいげき》姿勢に入っていたアーロン氏が、驚《おどろ》きの声を上げた。

あ、本当だ。グリンダ嬢だ。敵襲《てきしゅう》かと思いきやまさかの知り合いの犯行。っていうか、ガラス大丈夫ですかね、彼女⁉

うむ。なんか大丈夫そうだ。ぶんぶん首を振《ふ》ったら、パラパラ破片《はへん》が落ちるのが見えた。全くのノーダメージに見受けられる。あのもっふもふ、鎧の役割も果たしてんのかな。

「ぴきー！」

……グリンダ嬢の鳴き声とはちょっと違うような？　というか彼女、よく見たら何か口にくわえているな。おう、目が合った。ど、どうもこんにちは。どうしてそんなダイナミックお邪魔《じゃま》しますなんてしているのかな……？

「きゅう」

「わあっ⁉」

「ぴーきゅー！」

「きゃーっ！」

阿鼻叫喚《あびきょうかん》応接間。

グリンダ嬢が何かをこちらに放《ほう》り投げてよこし、私を庇《かば》うような位置にいた団長氏が無言でそれをキャッチする（※悲鳴はギャラリーのものです。本当クールね、団長さん……）。

もふ竜《りゅう》様が持ち込まれたものの正体を確かめようとしてみると……。

「鳥……？　いやこれ、ちっちゃい竜だ……⁉」

思わず声に出してしまう私。

最初はぱたつくふわふわの翼《つばさ》が見えた。次に角のない丸い頭が見えたけど、くちばしはないし、顔はなんというかこう……イヌっぽい……？

で、足が四つあることに気がついてから、「そうかこれはグリンダ嬢やローリントくんのミニマイズ版だ」と気がつくに至り。

ま、まさか……これはまさか……!?

「……まだ名付けも終わっていない赤子を、どうして連れてきたんだ」

ぴーきゅー泣きわめいているミニ竜を両手に抱え、団長氏がグリンダ嬢を見据《みす》える。

グリンダ嬢はじっと彼《かれ》を見てから、私を見て、「きゅうん」と鳴く。すると団長氏は私の方に振り返った。

「サヤ、緊急《きんきゅう》事態らしい。きみの力で、この竜を見てもらえないか」

「――――！　は、はいっ！」

なんかよくわからないけど、グリンダ嬢が窓を破ってまでお届けにきたということは、結構重大案件なのだということは私にも容易に察せられる。

緊張《きんちょう》しながら、ミニ竜をよく観察しようとするけど……。

どうしよう。今までの大きな竜達は、そこまで深刻な症状《しょうじょう》を抱えてそうな子達ではなかった。ちょっとした肩《かた》こりをマッサージに来ていたようなものだと思う。私も気楽に、固いところもみほぐしますねー程度だった。

でも今回のは、お腹《なか》が痛い子がお医者さんに駆け込んでくるようなもの。

そうだ……私、竜医を目指そうってなってたんだ。なんとなく今までの事例的に、竜ってファンタジー生物だし基本元気で、私は彼らをなでなでしてあげればいいいんだなーぐらいに楽観視していた。

だけど、竜でも不調になることはあるし、そのとき彼らが頼《たよ》りにできる唯一《ゆいいつ》の人間……それが、竜医なんだ。

お腹がきゅっとする。今更ながら、自分が気軽な気持ちで手を挙げた職位の重責がずんと来た。怖《お》じ気づいている暇《ひま》なんかない。私がなんとかしないと。でも、なんとかなんてなるの？　私、訪問者様なんて言われても、ただの日本人なのに。

――ちゃんとやらなくちゃ。ちゃんとってなんだっけ。手が震《ふる》える。あ、やばい。これ、前も経験ある。深呼吸しなきゃ。あれ？　息を吸うって、どうやっ――。

「サヤ」

そのとき、優《やさ》しい声がかけられた。

ぎゅっと唇《くちびる》をかみしめ、もはや睨みつける勢いだった私は、はっと顔を上げる。

「サヤ、大丈夫だ。きみならできる」

――なぜだろう。団長さん……いやアーロン殿下《でんか》の言葉は、すうっと入ってくる。

うん。大丈夫だ。体の震えが止まった。深呼吸。大きく吸って、吐く。

そうだ。見るだけじゃなくて、手をかざしてみる。

今まで、なんか変だなってところは、手の感覚でつかんできた。

もふ竜様の泣き声は痛々しくて心に来るけど、平常心。この子の他と違うところは……。

あった、ここだ！　首周り……？

私は無言で手を伸ばす。首の後ろ辺りをそっと、一撫《な》で、二撫で。

痛いの痛いの、飛んでいけ……。

すると、急に赤子竜が咳《せ》き込み始めた。団長氏が抱え直すと——。

「けふっ！」

ぽろり。

ミニ竜はぺっと、口から何か吐き出した。

これは……リンゴか？　しかもまるごとのように見えるが？

「……なるほど。まだ小さいくせに食い意地を張った結果、喉《のど》に詰《つ》まらせた、と」

団長氏がそう呟《つぶや》く。

なるほど、そういうことかあ！　赤ちゃんの誤飲はね、目を離すともう本当すぐにやるし、早急に処置しないと危ないからね。ファンタジー動物でもそういうことあるんだな……すぐに吐き出せて、本当によかった！

気持ち悪いのが治ったおかげか、本人はぴーきゅーずっと泣いてたのが嘘《うそ》のように黙り込んで、びっくりしたように目を丸くしている。

おお……こうして見るとローリントくんを思い出す丸み。でもこの子はグリンダ嬢に近いシルエットかな？

「まったく……大事なかったからよかったものの……」

「きゅう」

団長氏がグリンダ嬢に言うと、彼女はちょっとふてくされたようにそっぽを向いた。

そして赤さん竜のそばにてしてしとやってくると、ぺろぺろ舐《な》め始め……。

て、てえてえ……。もふもふがもふもふをぺろぺろしてる絵ってどうしてこんなにてえてえんだろうな……！

◇◇◇

さて、さっきまでは緊迫《きんぱく》していた空気だったゆえ、（おそらく）希少な赤さんもふもふをじっくり観察する時間はなかった。

改めて観察してみると、体の色は白だろうか。真っ白い……まるで雪のようだ。

ここでちょっとまた余談を挟《はさ》むと、この世界のもふもふ竜は、全体的には白色基調の体毛をお持ちのようだ。

しかし、この白色はただの白色じゃなくて、光の当たり方とか角度によって別の色に見えたりする。

ほら、宝石のダイヤモンドってさ、透明《とうめい》のイメージが強いけど、磨《みが》かれてカットされたら虹《にじ》色に輝《かがや》いて見えたりするじゃない？　イメージとしてはあんな感じに近いかもしれない。

で、その光り輝き方が竜によってちょっと違う。

例えば絶賛赤さんペロペロ中のグリンダ嬢を例に出すと、地上近くから見るとかなり白く見えるが、飛んでいる時はもっとこう……ピンクとかオレンジとか果ては金色とか、とにかく暖色系にきらきら輝いて見えるのですな。

他に、バンデス氏担当竜のローリントくんの場合、基本は白だけど、色変わりは深みのある鮮《あざ》やかな青色から、ちょっと緑がかった翡翠《ひすい》っぽい感じまで――要は寒色系の輝きを放つ。

だから最初に竜達が空を飛んできた時は、色とりどりに見えたわけだね。

ちなみにモフっていると、当然体毛がとれたり時に羽が散ったりするのだけど、やっぱりそれらも白色基調で、各個体によって違うグラデーションの輝きを放つ感じ。

私は何しろお触《さわ》りメインなので、どうしても彼らの触覚《しょっかく》的な素晴《すば》らしさにフォーカス向きがちだったが、この色の美しさも本当に何ものにも例えがたい。

さっきダイヤモンドのこと話題に出したけど、マジで宝石より綺麗だと思う。

よくファンタジーワールドだと、竜の鱗《うろこ》とかって素材としてありがたがられたりする気がするけど、彼らの毛もなんかそんな扱いだったりしないのかな。このふわふわできらきらのもふもふ集めて毛玉ボール作ったら、すごい楽しそうな上にありがたみがパねえと思うんだけど……。

閑話休題《かんわきゅうだい》。

グリンダ嬢がお城に連れてきた赤さんもふもふは、けれどまだちっちゃいのか、大人達のように角度によって色が変わるような体毛ではない。純粋《じゅんすい》に真っ白い。そしてお目々はくりんと黒い。可愛《かわい》いねえ、マシュマロかわたがしみたいだねえ、ハアハア……はっ、いかんまた邪念《じゃねん》が。

私はさっと口元をぬぐうが、そこでなんだか慌《あわ》ただしい背後の状況《じょうきょう》に気がつく。

「お、お嬢様……お気を確かに！」

「う、ううーん……」

およ。野生の悪役令嬢ことエメリア嬢が、泡《あわ》を吹《ふ》いて倒《たお》れている。ご令嬢らしいといえばらしいが、どうしたんだろう、大変だ。

「大丈夫ですか、エメ……じゃなくて、ヘンフリー伯爵令嬢」

「あー、サヤ、大丈夫だあ。それも割といつものことだから」

「また卒倒《そっとう》ですか……いやまあ、今回のは確かに、運が悪かったのかな……」

む、周りの竜騎士の皆さんはなんだか慣れた光景というご様子。

倒れている彼女の横に団長さんが膝《ひざ》をつき、ため息を吐く。

「驚いて気を失っただけだとは思うが……連れて行こう」

「いえ、殿下！　殿下のお手を煩《わずら》わせるわけには参りません！　竜様がいらっしゃっていますし、そちら優先でしょう！」

お嬢様より大分話が通じそうな従者の女騎士さんは、団長さんを制して自分が彼女を抱《だ》きかかえる。おお……姫騎士の横抱き（しかも抱きかかえる方）……なんかまた偉いものを見せてもらった。

あとめっちゃグッジョブ。お仕事だし仕方ないとはいえ、あのご令嬢を優しく抱っこする団長、あんま見たくないしな。

……んんー、サヤくん、きみは一体何を考えているのかなあ⁉　はい今のやつ取り消しー！　私何も考えてないから！　何も悶々《もんもん》となんかしてませんから‼

「せっかく竜騎士に好意持ってくれてもな、特にご令嬢はなあ。顔合わせすると、ああなりがちなんだよな……」

「竜の威圧《いあつ》感にやられちゃうんですよね。逆に軽率《けいそつ》に歩み寄って怒らせることもありますから、それよりは怯《おび》えて倒れちゃう方が被害《ひがい》少ないですけど」

「香水《こうすい》つけてると竜がいつもと違うことしたりもするし、アクセサリーはきらきらしてるからいたずらされたりもするし、その辺全部クリアしてくれても、今度は親御《おやご》さんが常に事故の危険がある所に愛娘《まなむすめ》置きたくないって、殴《なぐ》り込みかけてきて泣くし……」

「本人の体調より竜優先ですからね……竜騎士の妻も女性竜騎士も、乗り越えなければならないことが多すぎます……」

またため息の音が聞こえてくる。

竜騎士の婚活《こんかつ》事情も大変そうだ。

あと確かに、いくらあちらにとっての緊急事態でも、窓ガラス割って飛び込んでくる可能性のある巨大《きょだい》生物の世話するのって……大変だよなあ。むしろなんで私ここまでのほほんと軽率に歩み寄れるんだ？　って気もしてきた。

……ＫＡＷＡＩＩとＭＯＦＵＭＯＦＵは正義だからかな。もふみのためなら多少の怪我《けが》は名誉《めいよ》の勲章《くんしょう》。でも怪我するのもさせるのも辛いだろうから、やっぱり相手はいざとなればこっちの首を狩《か》れるのだってことは、ちゃんと心の隅《すみ》に置いておかないとね。

さて、エメリア嬢は抱えられていった。自然な流れで彼女も手当てした方がいいのか？　とか動きかけた私だったが、まあよそ者の素人《しろうと》が下手なことするより、現地のプロにお任せした方がいいよね。

というか……唐突《とうとつ》な悪役令嬢登場からの修羅場とか、窓からこんにちはからの緊急事態とか、目の前のもふ奇跡《きせき》とかで忙《いそが》しかったから気がつかなかったけど……私もなんか、目が回ってきた、ような……？

「……？　サヤ、大丈夫か――」

アカン、と思った時には視界が回っていた。

そう、全然それどころじゃなかったから、すっかり忘れていたのだけども。私そういえば今日、めっちゃめかしこんでるついでに限界まで腹を絞り上げていたのだわ。

そうか、ご令嬢がなんで卒倒するのか、そりゃ内臓ここまできゅってしてたらそうもなるわ――謎《なぞ》の納得感《なっとく》を覚えつつ、私はいったん意識を飛ばした。

◇◇◇

「きゅう……きゅううう……！」

なんだろう。起きるのです、勇者よ……みたいなモーニングコールを感じる。あと私めっちゃペロペロされている気がする。おやめください、く、首はくすぐってえ、ひええ……。

圧に屈《くっ》してうなされ気味に目を開けると、なんか顔の近くに真っ白なもふもふが。

「きゅっ♥」

気のせいかな？　というか私まだ夢の中にいるな？

そうじゃないと、なぜか赤さんもふもふとともに同衾《どうきん》していたことになるっぽいのですが。

よしわかったぞ。私、まだ寝《ね》ているな？

いやだってね。もふもふ赤様がベッドに潜《もぐ》り込んでるとか、さすがにないない。欲張りセット全乗せ異世界だとしてもないってばよ。ははははそんなドラゴンと一緒にオネンネだなんてまさかそんなははは。二度寝しよ。

……うぐおおおお、わかりました、申し訳ない、一瞬あまりに天国すぎて混乱の極みゆえ現実逃避《とうひ》したことを自白いたします、だから猛然《もうぜん》と顔をお舐めあそばさないでください！　べろんべろんになる！　その前に寝起きの顔なんてばっちいんだからそんな、やめ……やめろと言うに‼

「ぴきゅん」

ぜーはー言いながらふわふわの塊《かたまり》を引き剥《は》がすと、赤さんもふもふ様はおはようの挨拶《あいさつ》をするかのごとく一声鳴いた。昨日から思ってたけど声が一際《ひときわ》たっかいから「きゅう」に「ぴい」が混じってるっぽいんだよなこの人。

しかしなんだ、この動くぬいぐるみ……いやぬいぐるみだなんて失礼な、人は幼きもふもふのこ

とを総じて天使と呼ぶように定められている。

神は言われた。最初にもふもふあり。

……いや言ってないよって心の突っ込みが返ってきた気配を観測した。まだ少し頭の混乱は続いているが、なんかどうあがいても、もふもふが私の寝床《ねどこ》に潜り込んでいたのか、私がもふもふの寝床になっていたのか状態なんだな、ということは把握《はあく》しました。

場所は……うむ、私の異世界寝室だ。なんで赤さんもふもふがここにいるんですかね、たぶんこれ、本来ここにいていい人じゃないですよね。

とりあえずぴーきゅー言ってるもふもふを撫で回しがてら、掌《てのひら》でぺろぺろ攻撃《こうげき》をブロックした。空いている手で頑張って呼び鈴《りん》を鳴らしてみる。

「おはようございます、サヤ様」

「おはようございます、マイアさん。早速《さっそく》なのですが、あの……この状況、どういうことなのか、事情をご存じでしたらお聞かせ願いたく……」

「それがですね……」

マイアさんがため息を吐いた直後。

「サヤ、目覚めたばかりで申し訳ないが、私が入室しても構わないか？」

「くぁwせdrftgyふじこlp」

もふペロモーニングも大分寝起きドッキリだったけど、まさかのおかわりが重ねられるとは、この転移人のフラグ予想力を以《もっ》てしてもわからなんだ。

（構うに決まってんでしょ⁉）という心の叫《さけ》びと、（いやでも、団長さんが言うことって大体正しいし、ということはこの場合もいいですよって言った方がよいのでは？）という理性の抑止《よくし》がぶつかり合った結果、私は「そうは発音せんやろ」と現代日本インターネッツにて思っていた怪音《かいおん》を実演するに至る。

本当にこうなるんだな、人間がパニックになると。

一応まだ室内に入ってきてはいないけど、扉の外からこの時間このシチュエーションで本来聞こえちゃいけない人の声が聞こえたら、そらびびりますて。

折衷《せっちゅう》案《あん》的に、

「五分！　五分だけでいいのでお慈悲《じひ》を！」

と時間をいただき、三分で支度《したく》したことによって事なきを得た。

今回マイアさんの的確なフォローも込みだったとはいえ、起きたら通勤電車の定刻まで三十分（なお駅までは二十分）だった時にリアル十分で家を出た絶体絶命記録を塗《ぬ》り替《か》えてしまったね。

みんな、こんなことが起こらないように朝は早めに起きるんだ。サヤさんとの約束だぞ。

もう全面的に、心の茶化しを入れないとやってられん。

ともあれ、一応なんとかギリギリ団長氏の視界に入っても切腹せずに済む程度に身支度を済ませた。

室内に入ってきた彼は、何やらバスケットのようなものを片手に持っていて、その中にきらきらした宝石みたいなものがたくさん詰まっている。

私にしがみついてぴーきゅー言っている方が、よりピーピー言い出した。

赤様、なんとなくあれが欲しいのだなというのは伝わりましたし、わかりやすいのはよろしいことかと存じますが、爪《つめ》は、爪は痛いです。バリバリせんといて。人間はね、肌《はだ》が弱いの。っていうか、あるんだな、爪。そりゃあるか。

「すまないな……きみから離れようとしなくて。だが、まだ赤子ゆえ、大人より頻繁《ひんぱん》に補給が必要なんだ。こっちに顔が向くように抱え直すことはできるか?」

「あ、はいわかりまし……ちょ、お客様困ります、それは私の腕です、はもはもせんといてもろて……あたたたたたた!」

抱え直そうとして動かす手をすかさず、あーん! カプッ! 血は出てないけど結構いてえっ! 目の前で動くものはとりあえず口に入れてみるお年頃《としごろ》かな? 早く卒業しなさい!

私がウオオオオ、と赤様を引き剥がそうとしつつガジガジされることに悶《もだ》えていると、団長さんがすっと腕を出してくださった。

うまい、タゲ集中! さすが騎士! あと嚙《かじ》られても悲鳴を上げるどころか、全然表情が変わらねえ! さすが異世界の騎士様は頑丈《がんじょう》だあ! ……いや本当にどうなってるんだ耐久《たいきゅう》値。ちょっと分けてほしいなその頑丈さ。

そして団長氏、片手で赤子の口が変な所に食いつかないようにロックしながらもう片方の手で魔石をそっと――。

「こっちだ、魔石はこっちだから――いや、食べるの下手くそか!?」

なんでや！　今完全に美しい流れやったろがい！

どうして魔石を持っている手の方に興味が移らず、赤様はずーっと団長の腕をはぐはぐチューチューしているのかね⁉　そんなにその腕はおいしいんか！

……いや本当においしそうにモグモグしてるから、ちょっと興味出ちゃうじゃん。蜜《みつ》とか甘《あま》い匂《にお》いでも出てるの？　人間の目には、普通の筋肉腕にしか見えないが？

そんな我々の悪戦苦闘《くとう》の結果、赤様は無事なんとか魔石を食された。親指と人差し指で丸を作ったぐらいかなというサイズの石を一つずつ呑《の》み込んでいく。

ふむ……何か変な光景だな。赤様って生き物は、ほら、哺乳瓶《ほにゅうびん》をぐびぐびする印象が強いから。魔石をバリバリしているのを見ていると、なんか脳がバグりそうな気がする。

この世界のドラゴンたち、シルエットは犬系に近いが、性格や仕草は猫感もあり、けれど食べるのは石ってわけで……いやでも、昨日はリンゴ丸呑みしてたみたいだしな。やはり通常哺乳類とは全く異なる生き物なのだろう。

さて、ようやく荒《あら》ぶる赤様が落ち着いてきたところで、私は団長アーロンさんから改めて話を聞くことになった。

「このドラゴンは、まだ名前もない赤ん坊《ぼう》だ。本来であれば人前には出てくることなどなく、ドラゴンの谷で育てられるんだが……」

「名前……それってドラゴン同士でつけたりするんですか？　グリンダちゃんとか、ローリントくんみたいな。あれ、本人達が名乗ったものなんです？」

「いや。そのあたりの名前は、後から相棒の竜騎士ができたときに、人間がつける呼び名だ。竜はそれ以外に、一頭ずつが真名を持つ。一人で空を飛べるようになると儀式《ぎしき》を行って授《さず》けられるらしいが、人間が立ち会ったことはないから詳細はよくわからない。ただそういうものがある、という話を聞かされている」

へぇえ……なんだか神秘的だなあ。ということは、私、とんでもなく貴重な体験をさせていただいているのか？

なんだかありがたみが増してきて、手元のもふもふ様に目を落とす。もふもふ様はまた、石と間違えて私の腕をくわえていた。ありがたみがちょっぴり下がった。昨日から思っていたけどもしかしてこの人結構天然なんとちゃうか。いやいやまさかそんな。ははは。

ポジショニング修正し、気を取り直して会話を再開させる。

「この子、昨日の様子からすると、グリンダちゃんのお子様なのですかね？」

「いや。親戚《しんせき》ではあるが、直接親子ではない」

ほほう、ドラゴンって親戚の子の面倒《めんどう》見るって概念《がいねん》があるんだ。社会性あるのは明らかだし、賢《かしこ》そうだものね。

「そういえば、グリンダちゃんはいらっしゃってないのですか？　いえ、ここ室内なので、昨日みたいに入ってこられるといろいろ大変なことになりそうではありますが……」

「竜舎《りゅうしゃ》で寝て、今は一度谷に戻っているな。なにしろこいつがサヤから離れようとしないから、実親に迎えを催促《さいそく》しにいったんだと思う」

「ええと……この名もなきお方はなぜ、私にずっとくっついているのでしょうか……？」

「……正直、わからん。なつかれたんだと思う」

「私、希少な竜のお子様に、変な影響《えいきょう》与《あた》えてないですかね、大丈夫ですかね……？」

「まあ……さすがに親が来れば、こいつも本来の居場所に戻るはずだ。ただ、それまでもう少し、我々で……というか、主にサヤに面倒を見てもらうことになる」

つまり……私、保育士さんデビューですか？

五章　巨《きょ》もふ様ご光臨の巻

赤様。それは愛らしき正義であり、無限に広がる小宇宙、そして戦場だ。

距離《きょり》を保って鑑賞《かんしょう》させていただいている分には、「あらぁ～♥」なーんてのんきに愛《め》でていられるが、ひとたび「お前が面倒《めんどう》見るんだよ！」と託《たく》されたら、それはもう開戦のゴング。精神がやられるか肉体がやられるかの戦いが始まる。そう、この戦いに我々の勝利はない。

彼《かれ》ら何が怖《こわ》いって、全力でお泣きあそばされていると「なんで泣いてるの⁉」って慌《あわ》てさせられるけど、静かに寝《ね》てればそれはそれで「あの……本当に寝ているだけ？　呼吸止まってない？」って心配になってしまうのだな。

いやだって、生殺与奪《せいさつよだつ》握《にぎ》ってるんだもんよ、こっちが。言語化できない方々の声なき声聞き逃《のが》したら、ワンチャンあっちの命なくなるわけじゃない。そりゃあ、緊張《きんちょう》しまくりってもんですよ。

親戚《しんせき》のお子様……「独身って暇《ひま》でしょ？」という召喚呪文《しょうかんじゅもん》……「ごめんね、サヤちゃん。うちの子が……」と早退する親御《おやご》様の代わりに残業続きの繁忙《はんぼう》期……ウッ、頭が。

いやね。子どもは社会で育てていくものですから。独身貴族余ってますから、使っていただいてもろて構いませんけれども。

それはそれとして小さきもの達《たち》のお世話というネタ、微《び》トラウマではあるので、ちょっと心の準備体操をすること程度は許していただきたく……。

「深呼吸……すーはー……そう、でえじょうぶだ……私は死地を乗り越《こ》えたことのある若人《わこうど》……毎日奴《やつ》らと対戦よろしく不可避《ふかひ》な親御様に比べれば、ほんの一時程度、安いものよ……」

「サヤ……？」

「あっれー今の声に出てましたか恥《は》ずかしいなーもー聞かなかったことにしてくださいお願いします‼」

「う、うん」

もう最近の私、こんなんばっかじゃないのか。辛《つら》い。かくなる上は、赤様のお世話係を華麗《かれい》に決めて挽回《ばんかい》……できるといいけどなあ！

「まあ確かにドラゴンの幼体なんてめったにお目にかかれるものではないし、希少生物ではある。が、そもそもドラゴン自体が人間ほど繊細《せんさい》ではないから、気を張らなくても大丈夫《だいじょうぶ》だと思う」

「そ、そうですか……？」

ドラゴン専門家のトップであろう団長氏がそのようにおっしゃるなら……多少は肩《かた》の力が抜《ぬ》けた気がする。

実際、もふもふ赤様のお世話は、人間の赤子に比べれば遥《はる》かに楽ではあった。

まず、食べ物。通常動物の赤様って、殺菌《さっきん》とか加熱とか諸々《もろもろ》準備が必要なわけですが、ドラゴンの赤様は魔石《ませき》を食べてお育ちになるわけですな。

魔法的にも物理的にも頑丈《がんじょう》なドラゴンは、基本は病気にならないし、さらには怪我《けが》も超速《ちょうそく》再生的なあれで、大体は実質無傷らしい。

「……そういえばこの方、リンゴ丸呑《まるの》みしてもピイピイ鳴いていらっしゃいましたね」

「人間の赤子と違《ちが》って、呼吸困難や、飲み下した際の消化不良などは心配しなくていい。ただ、この前の場合は、喉《のど》に異物が詰《つ》まっていたことで、魔石の摂取《せっしゅ》が滞《とどこお》る恐《おそ》れがあった」

「長期的に放っておけば餓死《がし》……それゆえグリンダちゃんは、大慌てで私の所に連れてきた、と」

「そういうことだな」

団長氏から説明を受けながら、私は手にじゃれかかってくるふわふわの塊《かたまり》を転がしている。

そう、竜《りゅう》の赤様は人間の赤ん坊《ぼう》と違い、ある程度は自分で動くことができる。

感触《かんしょく》としては……やはり鳥？の雛《ひな》？のふわふわに近いのだけど、仕草は犬のような猫《ねこ》のような、なんかまあ割と哺乳類《ほにゅうるい》っぽくもある。爪《つめ》、生えてるしね。

ちなみにドラゴンのお爪は、基本は自分達で研《と》ぐものなのだそう。人間のパートナー、つまり竜《りゅう》騎士《きし》さんたちとお知り合いになると、彼らに切ってもらうようなこともあるそうですが、赤様の場合は……まあ、本人お任せコースらしい。

ちょっと引っかかって痛い時もあるけど、まあ今のところは「あててて」程度で済んで痕《あと》も残らなそうなので、積極的にスルーします……スルーできる範囲《はんい》ゆえ、なんとかなる。

なおついでに脚裏《あし》をチェックさせていただいたのだが、肉球はなかった。脚裏までたっぷりもふもふだった。これはこれでご褒美《ほうび》だが、ちょっと残念な気もした。

そして今さらりと流したが、団長氏と話しながら転がせる程度の余裕《よゆう》が、もふもふドラゴンのお世話の場合はある。

好奇心《こうきしん》の塊っぽく、何か興味のあるものを見つけるとそっちに飛んでいこうとする（そして食べられそうなものはとりあえず口に入れたがる）ので、そういう場合はがしっと確保する必要はあるのですが。

逆に言えば、変なところに行かないか、妙《みょう》なものを口に入れていないかさえ気をつけていれば、後はある程度こちらの自由がきく、ということ。

その監視《かんし》が大変なんじゃや、幼児は目を離《はな》すとすぐにどっかに行くし変なものを食べるし！

……のはずが、私の場合、更《さら》に異世界人補正のおかげで、赤様の面倒が見やすくなっているらしかった。

というのも、私は（そろそろ自他共に認められる）対ドラゴン最終兵器ゴッドハンドの持ち主なのだ。で、赤様もこの手に何か感じ取るものがあるらしく、ずーっと興味関心を抱《いだ》いてじゃれかかってくるのですな。

なので、どこか別の場所にふらふらっとされる心配はなく、口に入れられるのは私の手なので、異物を呑み込《こ》まれる恐れもない。

まあ代わりに、私の手が赤様のよだれでべたべたになったり、甘噛《あまが》みがたまにうっかり「痛いっ！」レベルまで進化してめっするなんて問題も発生しましたが、どれも全く致命《ちめい》的な問題ではなかったので。

後はまあ、トイレットトレーニング問題なども……赤様ではありますが、ちゃんとご自分で処理できるお年頃《としごろ》らしく。まだちょっとした介助《かいじょ》が必要ではあったらしいのですが、そちらは私の躊躇《ちゅうちょ》を感じ取ってか、団長がお世話を代行してくださいました。

いや、本当に申し訳ない……ありがとうございます。

でも、プロ中のプロが面倒を見てくださるなら安心ですね。私もそのうち、習得せねば……ならないような、竜医になるんだし。が、頑張《がんば》ろう……。

……で、まあ、そう。団長さんがね。なんと赤様兼《けん》私の監督《かんとく》係を務めるためにね。お時間を取ってくださったらしく。

ずっと一緒《いっしょ》にいてくれて、話をしてくれて、私がどうしようってなったらそっと赤さんもふもふを引き剥《は》がしてあやしながら連れて行ってくださって……と完璧《かんぺき》にフォローしていただいてしまった。

恐縮《きょうしゅく》する私だったが、「赤様が離れている間にどうぞお食べ」と軽食を持ってきてくださったイツメンズが、

「ありゃどう見ても本人が趣味《しゅみ》でやってることだから、気にすんな」

「自分が赤子を触《さわ》りまくりたいだけですので……」

とフォローしてくださった。

ま、まあ……確かに、無限に手遊びをする私のこと、結構食い入るように見ていたけれど……あれ、「代わってほしい」の目でしたね、確かに。根っからの竜好き殿下《でんか》ですものね。

「それになあ。こいつのこと構ってたら、その分あっちの面倒見ずに済むしよ」

「あっち？」

「ほら、ヘンフリー伯爵令嬢《はくしゃくれいじょう》――彼女《かのじょ》もともと、生き物はちょっと苦手な方なんですけど。この前グリンダが乱暴な挨拶《あいさつ》したから、更に怖くなっちゃったみたいで」

アーハン、なるほど、すべて理解しました……私は卵サンドイッチを頬張《ほおば》りながら、二人の言葉に頷《うなず》く。

でもちょっと可哀想《かわいそう》な気もするな。あのお嬢《じょう》さん、まあ団長さんを困らせてはいたわけだけど、悪人というより元気が空回りしちゃうようなタイプに見えたので……こちらはそんなに敵対する気ないから、どこかでまた落ち着いて話ができるといいんだけどなあ。色々誤解もされているようだし。

さて、腹を満たした後はまた、赤様相手の手遊びを再開する。竜騎士さん達の詰め所の中で、一番片付いている小部屋を託児所《たくじしょ》スペースに使っていいよとのことでしたので、午後もそちらにお邪《じゃ》魔《ま》させていただく。

団長氏はさすがに一日中休憩《きゅうけい》とはいかなかったのか、名残惜《なごりお》しそうに何度もこちらを振《ふ》り返りながら去って行った。代わりに、入れ替《か》わり立ち替わり、竜騎士の皆様《みなさま》が赤様にじゃれかかられている私の様子を見に来て、団長の代打などもしてくださる。

そうやってのんびり一日過ぎて日が傾《かたむ》いてきた頃、急に私の手を食《は》んでいた赤様が何かに気がついたようにピクッと反応して顔を上げた。

「……？　どうかしました？」

「ぴきゅん」

なんも言ってることはわからんが、なんとなく言わんとしてることは感じた！

「訪問者様、どうかしましたか？」

「えーと……たぶんこの人、外に出たがっている、ような」

「はえー。……迎《むか》えが来たなら、竜舎《りゅうしゃ》の方かな？　行ってみますか」

というわけで、私は赤様を抱きかかえ、ちょうど周りにいた竜騎士の皆様と共に、ぞろぞろお城の外へ向かう。

今度は夕焼けも過ぎて、夜の闇《やみ》が広がり、星が瞬《またた》き始めるような頃合い——そこで私は、暗がりの中にぼうっと浮《う》かぶ大きな姿を目撃《もくげき》する。

「ピー！」

視界にそれが入った瞬間《しゅんかん》、赤様は嬉《うれ》しそうに声を上げた。

文脈というか雰囲気《ふんいき》というかから察するに、おそらくこちらが赤様の親御様なのだろう。

私と言えば、惹《ひ》かれるようにふらふら歩いて行き、そして声もなく呆然《ぼうぜん》と見上げる。

赤様は両腕《りょううで》に抱《かか》えられるサイズだが、成獣《せいじゅう》のグリンダちゃんもローリントくんも大きかった。しかし、目の前におわしますこのお方は、彼らよりもさらに大きい。というか、スケールが違う。

これ、翼《つばさ》を広げたら……そう、元いた世界換算《かんざん》すると、象よりもサイズがおありになるのでは。

そのような、いとでかき巨もふ様は、けれど荘厳《そうごん》なる体躯《たいく》とは打って変わった優《やさ》しさたっぷりあふれるお目々で私を見下ろし……一声おっしゃった。

「きゅうん」

は？　このサイズの生き物がきゅうんだと？

最高かよ。

もふもふはね。いと小さきにもいとでかきにも、別のもふみがある。

早速語彙喪失《さっそくごいそうしつ》しているけど、つまり今私は猛烈《もうれつ》に感動しているってことなんだ。

異世界に来て、ドラゴンに毛があるとわかってテンション爆上《ばくあ》がりだったけど、まさかよもや……このサイズのお方と、こんなに間近にお目にかかれる機会があるだなんて。

大自然。ただひたすらに尊い。そして畏怖《いふ》。この場のチャンプは巨もふ様だ。私はたぶん、完全にあちらに命を握られている。だがそれすら受け入れよう、人類は結局自然には勝てないのだと歴史が証明している――。

「ぴーきゅっきゅっ！」

あっそうだ、しまった忘れていた。そもそも赤さんもふもふがお外行きたいですって意思表明している……そんな気がしたから、ここまで出てきたのだった。

彼（いや彼女か？　そういえば性別聞いてなかった、ひっくり返しても全然わからんかったけどどっちなんだろう……）はじたばた暴れて私の手からすり抜けると、小さい羽で羽ばたいていき、巨大なるもふもふ様の顔の前まで飛んでいく。

巨もふ様は大きなくりんくりんの目でじっと赤様を見つめ、ぶふっと音を立てて鼻息を吹《ふ》き出した。

「きゅう」

「ぴいっ⁉」

「きゅ、きゅきゅ。きゅん」

「ピーピーピーピー！」

「きゅきゅ」

「ぴっ……」

「………」

「ぴきゅん……」

「きゅうん」

おお……今まで竜がピーキュー鳴いてる姿は見てきたし聞いてきたけど、大体竜騎士の誰《だれ》かと一緒にいた都合上、人間とのやりとりメインで見ていた。彼ら同士のやりとりをがっつり見るのは、もしかしたらこれが初めてかも？

なお勘《かん》でやりとりの内容を察するに、たぶん赤様が怒《おこ》られてますね、これ。何か言おうとしたけど諭《さと》されてしょんぼりしてるような、そんなアトモスフィアを感じる。

赤様がなぜ本来いるべきではないこの場所にいるのかといえば、グリンダちゃんが急患《きゅうかん》で連れてきたからである。

竜の谷？だとかいう、どうやら彼らにとって特別な場所を出てしまったことの発端《ほったん》自体は、赤様の本意ではなかろう。

とはいえ、その後帰りたくないって主張して、私のベッドとか潜《もぐ》り込んでたみたいだしな。そこはまあ、一言二言保護者様から苦言があっても仕方ない気もするな。

いや、そもそも論として、リンゴなんか丸呑みしちゃいけませんというお叱《しか》りなのだろうか。この小もふ様、マジで軽率《けいそつ》に噛《か》んでくるからな。いや甘噛みならばええけども。

……お、話がまとまったようだ。赤さんもふもふが巨もふ様の頭の上に降り立ち、羽を畳《たた》む。

巨もふ様は自分の頭の上に赤さんもふもふを乗せたまま、じっと私を見下ろしてきた。

ハッ！　お辞儀《じぎ》をするのだ、サッヤー！

ここまで当然のように、ガン見したまま礼を失していたことを思い出し、私は慌てて挨拶を試みる。

「お初にお目にかかります。私、異世界からやってきました、サヤ＝イシイと申す者。現在は辺境の城にて、竜のことについて学ばせていただいております……」

いつもよりさらに丁寧《ていねい》に自己紹介《しょうかい》し、それから「怪《あや》しい人間じゃないです」のポーズこと、匂《にお》いを確かめてもらうために手を出す。そしてそのまま、静かに様子を見る。

ちなみにこの間、何か物足りないな？　って気がしていたのだけど、あれだ。ガヤだ。環境《かんきょう》音に風の音的なものしかなくて、人間のざわめきがない。

お辞儀する間、ちょっとついでに後方の気配を探《さぐ》ってみる。同行の竜騎士様方が皆、口も目もまん丸にしたまま立ち尽《つ》くしているのがちらっと視界に入った。

ああ、やっぱり……このお方、どう見てもただものではないもふもふ様であらせられますよね。たぶん赤様同様、本来は竜舎のような場所にフランクにやってくるような御仁《ごじん》ではないと、そのように愚考《ぐこう》いたします。

とはいえ、では私はどうすれば……？　今更《いまさら》ながら、赤様に急《せ》かされてホイホイ外に出てきたわけだけど、先に団長氏を探しておくべきだったかもしれないとちょっぴり後悔《こうかい》する。いるのといないのじゃ、やはり安心感が違う……お忙《いそが》しいお方だから、あまり煩《わずら》わせるのもどうかとは思うけど……心細いのう……。

とりあえずもふもふ様がゆっくりと首を下ろして顔を近づけてきたので、教わった通りに大人しくしている。竜がこちらの状態を確かめている時は、ビビって騒《さわ》いだりする方が、お互《たが》いにとって危険なのだ。

彼らは馬鹿《ばか》ではない。こちらがよっぽど変なことをしなければ、向こうもあえてこちらを傷つけようとはしない。焦《あせ》らず待つのだ……。

「きゅうん」

お……えっと、これはたぶん……グリンダちゃんのお触りの時と同じ！　ということは、お眼鏡にかなったということで……？

おそるおそる見上げると、大きなお目々……というか本当にでっか。顔でっか。これ口開けたら私一のみできますね？　でっかあ。すっごお。

「ぴきゅん！　ぴきゅん！」

そしてもふもふ様の頭の上では、赤様が何かを語りかけてきている、っぽいのだが……それはなんだい、何を言っているんだい。友好的なんだろうなってのはなんとなくわかるんだけど、具体的に次どう行動すべきなのかがいまいちわからないんだ、ドラゴンフレンドや。

すると、私を見下ろし、体をかがめていた巨もふ様が、さらに身を低くして……なんとぺたんと地面に伏《ふ》せてしまった。つぶらな大きなお目々が、やっぱりじっと私を見つめている。な……何かを要求されているような、試《ため》されているような……。

そして、巨大な頭の上では小さなもふもふが跳《は》ねている。

「ぴぴきゅ！　きゅんきゅん！」

そのとき、サヤに天啓《てんけい》下る！

これはもしや……ここまで来いと。登ってこいと。頭の上に。ローリントくんの背中に登るのも大変だった私に、けれどあれより更にサイズアップした方が今度は頭部にヘイカモンしていると。

さすがに発想がちょっと突飛《とっぴ》かな……？　私は赤さんもふもふと巨もふ様を見つめる。

一応背後の竜騎士の皆さんも振り返ってみたけど、駄目《だめ》だ全員あわあわしてやがる。

まあたぶん無謀《むぼう》を冒《おか》さぬ優等生らしく、ここでそっと後退するのが無難解なのだろう。

竜騎士の皆さんはほっと胸を撫《な》で下ろせるだろうし、なんとなく、巨もふ様も別に怒らない……と思うんだよね。

いや、確証はないけれども。でもなんとなくこの方、今まで見てきたどの竜よりも、穏《おだ》やかなお顔をなさっているし……。

だが。だがしかし。さっき目と目が合った瞬間、私は自分の推測、やっぱそんなに外してもないな？　とピンと来た。

「お乗りよ」

と、巨もふ様が申されている。KYOMOFU。わかるか？　相手は巨もふ様なんだぞ？

申し訳ない、団長。でもたぶん私の気持ち、あなたはきっと理解してくださると思います。

もふもふには勝てねえ……クレバーなノーもふもふライフより、たとえリスクを抱え込もうとモ
アニューもふもふライフ、それが世界の真理ってもんよ！

というわけで、いざあ……私は！　登るぞ！　巨もふ様の頂――頭頂部まで！

あ、ちょっとお顔周り、毛をつかんだり足場にしたりってどうしてもあるのですが、そこだけお許しいただければ……これはむしろ？　前脚を登りやすい位置にポジショニングしていただいている？

神、かな……そうか、この人はきっともふもふの神様なのだ。

神様、お体に触りますよ……！

神様の圧倒的配慮《あっとうてきはいりょ》により、私はもふみの高見に至った。要するに無事頭頂までたどり着いた。

私自身は圧倒的無事なのだが、道中いろんな所を足蹴《あしげ》にしたような気がしており、本当に申し訳ないにもほどがある。一応申し訳程度に強く当てちゃったなって所は後で撫でた。い、痛いの痛いの飛んでいけー……。

「ぴきゅ」

二本足で立てるゾーンに踏《ふ》み込んだ後、角の間のゾーンに歩いて行くと、先にいらっしゃった赤様がパタパタ羽ばたいて場所を譲《ゆず》ってくださる。

……おお。星が出てきてる。美しい空だ。今のところ巨もふ様が気を使って身を伏せてくださっていることもあり、高所恐怖症《きょうふしょう》でぶるっちまうこともない。

あ、そうだわ私高いところ駄目な人だった、こっちの世界来て最初にグロッキーになったんだった、忘れかけてた。下は見ないようにしよう。

とはいえ、実はうっかり足下《あしもと》見下ろしても、もふもふしかないのよね。

グリンダちゃんはいわば馬の大きい版。こちらは象……いや頭の上に位置取れるんだから、やっぱり象より大きいわ、この人。時々お耳パタパタさせるところとかは、本当に巨大草食動物みがあるんですけどね。

さて……ただ登らせていただくだけでは申し訳ない。本当はこの巨体のすべてを余すところなくお触りしたくはありますが、当方このように頭頂にお邪魔させていただけるぐらい小さい身、とりあえずどんな生き物にとってもたぶん大事であろう頭を、いざぁ……！

フォッ。

いかん、そっと触《ふ》れただけで思わず奇声《きせい》が。

フォッ……フォッフォッフォ……フォフォ……フォフォンフォン？　フォッフォーウ……。

ごめん、何も伝わらないかもしれないけど、とにかくこの、何……？

いやね、気持ちいいんだけども。触っててめちゃくちゃ気持ちいいんだけど、何この……ふさふさで、とにかく量がすごくて、やっぱりこの手の動きに合わせてなびく毛のそよめきを言語化するとしたら、「フォサァッ……」って感じかな……。

ふわふわしながらも、しっかり存在感はある。でも全然獣《けもの》くさくな……あっ巨もふ様からもとってもいい匂いが……特にこう……耳だな、耳が動くとお日様に包まれる！　夜だけど！　なんだこれ最高か⁉

私はなんだか酩酊《めいてい》したような感覚に陥《おちい》りつつ、巨もふ様の頭の周辺を撫で回しまくった。巨もふ様は触っても冷たいところなどは特になかったけど、耳の後ろをわしわししたら「きゅるきゅる」と喉を鳴らし始めたので、その辺りを特に重点的にやった。

「ぴきゅ！」

そしてこちらはただでさえ巨もふ様を全身全霊《ぜんれい》で堪能《たんのう》、もとい癒《い》やすのに忙しいというのに、少し前まで大人しくしてくださっていた赤様が割り込んできて「自分も撫でろ」とばかりにアピールをしてくる……。

ええい、貴様は腹をわしわししてくれるわ！　わしわしわし！　うりゃ！　ここじゃろ！　このけしからんぽんぽんめ！　ぽんぽんぽんぽ――あいてっ。

うん。一回本噛みされたけど、今のは私が悪かったな。あまりにもぽんぽんの手触りがよくてこう、つい。お詫《わ》びに改めて撫で回して、寝落ちさせてやったんだぜ。

しかし、困った。

何が困ったって、何しろ今までにない巨大サイズのもふもふ様をモフりまくっているので、意識しない間に結構体力を消耗《しようもう》しているっぽく、だんだんと体に徒労感が。

その上、近くで赤様がスピースピー、それはもう心地《ここち》よさそうに寝息を立てているもので。なんだかつられて私もだんだんやばくなってきたんだよな。

そろそろ巨もふ様のご機嫌《きげん》をうかがいつつ、撤退《てったい》した方がいいのでは……？

………。

これはもしや……巨体の主も既《すで》にご就寝《しゅうしん》済みと？　なんか、すやすや音が聞こえるんですがそれは。はて、どうしたもんか……。

私は空を振り仰《あお》いだ。おお、満天の星。超綺麗《きれい》。すごいなー現代日本は夜暗くなかったからこんなに星見たことなかったんだよなー……あれ？　星見えてるってことは私結構上向いてない？　上向いてるどころか体を横たえてない？　いつの間に仰向《あおむ》けになったんだ？　特殊《とくしゅ》能力の攻撃《こうげき》か？

いかん、思った以上に疲《つか》れていたとでも言うのだろうか。この体勢はまずい。速《すみ》やかに復活し、巨もふ様の安眠《あんみん》を邪魔せぬように立ち去るという大事なミッションが——。

と、ここで唐突《とうとつ》なＣＭ風に挟《はさ》むんだけどさ。

巨もふ様の上って、手触りは完壁だし、気温というか温度もちょうどよかったし、いい香《かお》りもするし、そして私は労働の後でしてね。その上すぴすぴ音は聞こえてくるわけだしね。

これだけ全環境が「寝ろ」と整えている状態、睡魔《すいま》には抗《あらが》えなかったよ。

おやすみぃ……。

◇◇◇

私は今、雲の中にいます。上下左右どこもかしこも雲。いわばふわふわの海に溺《おぼ》れているということなのですが、不思議と息苦しさはありません。むしろずっとここにいたい。

……ん？　なんかデジャビューってやつじゃないのかな、これ。どっかで見た覚えが。そして記《き》憶《おく》が正しければ、この後ろくでもないことが起きたような嫌《いや》な予感が――。

「――殿《との》。客人殿《まれびとどの》」

もやの向こうから聞き覚えのない声がし、のっしのっしと翼を生やした何者かが近づいてくる。

……巨もふ様だ。

私が固まっていると、巨もふ様は行儀《ぎょうぎ》良く脚をそろえ、じっと見下ろしてくる。

「客人殿、遥《はる》かなる時空の狭間《はざま》を超《こ》え、よくぞこちらに参られた。改めて挨拶させていただこう。我《わ》が名はドゥナキア。天と地の狭間にありて、世の理《ことわり》を守護する果ての獣なり」

非常に威厳《いげん》ある態度に私は生唾《なまつば》を飲み込む。――が、巨もふ様はすぐ、まるで猫か犬のように、後ろ脚で耳の辺りをぱりぱりひっかき始めた。

「――ああ、堅苦《かたくる》しや。現実世界では、契約《けいやく》だのなんだの、我々も色々誓約《せいやく》がややこしくての。ゆえに夢の中の方が動き回りやすいのだが、あまり寝過ぎていると怒られる。終末の竜が暇を持て余しているなぞ、世が平和な証《あかし》なのだと思うのだがなあ」

なんかわからんが、わかってきたぞ。ここは夢の中だな？　だから巨もふ様がこんな、日本語を流暢《りゅうちょう》に喋《しゃべ》ってるみたいな感じなんだな？

ちなみに声の感じからすると、おばあちゃんっぽい。とっても優しそうで、あったかい感じがする……。

「先ほどは大儀《たいぎ》であったな。我も長命、大抵《たいてい》のことは見聞きしてきたものと自負していたが、あのように的確な按摩《あんま》は初めてだったやもしれぬ。この年になっても生とは可能性と驚《おどろ》きに満ちているものよの。フォ、フォ、フォ……」

おばあちゃんはのほほんと喋《しゃべ》り続けているが、私って本当に夢の中も欲望まみれだよな。

そりゃ、竜騎士の皆さんがね、なんか担当竜の声を聞いてるっぽかったからね？　いいなあ、私も竜と言語的なやりとりしたいよなあって思ったけど、よりによって巨もふ様相手とは……我ながら願望成就《じょうじゅ》の対象が、図々《ずうずう》しいにもほどがある。

「む？　ああ、縁《えん》の相手については、そう心配することもあるまい。とはいえ、愚息《ぐそく》は若輩《じゃくはい》者であるからな。なかなかすぐに成体竜のようには行かぬであろうが、それもまた一興」

へー、巨もふ様曰《いわ》く、赤様のお世話をしていればそのうち赤様の言葉もわかるようになるよってことなのかな。本当私の妄想《もうそう》力、パねえな。味をしめて、当然のように赤様の世話係を継続《けいぞく》しているし、しかも都合良く声が聞こえるようになりますよだなんて……ねえ。

「フォフォ、今回の客人殿はなかなか愉快《ゆかい》な御仁であらせられるな。しかもよい手の持ち主である。我はそなたを歓迎《かんげい》しようぞ。ま、この巨体ゆえ、現実世界ではあまり派手に動かぬようにしているのだがのう。時折でよいから、また老体をいたわっておくれ」

そこで急に霧《きり》が……というか雲が？　濃《こ》くなり、私は両手で顔を覆《おお》う。

「そうそう、客人殿。倅《せがれ》がこれからも世話になるし、我も心地よくしてもらった。なんぞ望むことはあるかえ。可能であれば助力しよう」

私は白い煙《けむり》のような雲の中に消え行く巨もふ——もとい、ドゥナキア様に何かを叫《さけ》んで——。

彼女が煙の向こうで、「その程度ならばお安いご用よ」と笑ったのが、最後に見えた気がした。

◇◇◇

すー。ぴー。

穏やかなリズムが聞こえる。

あったけえ……なんという穏やかな満足感と安心感……まるで生まれてくる前のようなヌクモリティ……。

…………。

いや、おかしいってばよ。生まれてくる前の温《ぬく》もりとか覚えてるわけがないし。

自分のカオス思考に突《つ》っ込みを入れたら、覚醒《かくせい》の契機《けいき》になったようだ。

ゆっくりと瞼《まぶた》を上げると……もふもふの海が広がっていた。私はもふみの中に沈《しず》んでいたのだ。

なるほど、これなら原始的な懐古《かいこ》の念を抱いても仕方な……仕方ないか？　あれ、ちょっと待って落ち着いて。私どうしてこうなったんだっけ。誰のもふみですか、これは。

私が慌てて顔を上げると、視界に入るは白む空。わあ、朝日だあ……え、なんで朝日。ってことはここ、屋外か？

すると今度は、「ぶふー！」と大きなため息のようなものが聞こえ、思わずそちらに目を向ける。

顔。巨大なもふもふ生物のくりんくりんのお目々と目が合った。
ハ、ハロー……ハウアーユー？
オーウ、ファインセンキュー、オッケー、エンドユー……。

「きゅ」

えっちょっと待った、一応思い出してきた。赤さんもふもふとか巨大もふもふとか、新たなもふもふと多量に触れ合った末寝落ちした。あと割と大事な夢を見たような気もするが、ちくしょーこっちは喉元《のどもと》で止まってるやつ。

それより今の方が重大だよ！　だって私、確かに巨もふ様と勘でやりとりして、たぶん登っていいよって言われたから登ったわけだけども！　頭だったよね？　私が乗ったの、頭だったよね!?

でもさ、今私がいる場所、見回したらさ。なんか行儀良く畳まれた？　爪すなわちお手々が見えるのよね。そして巨もふ様は、長い首を回して背中を見てるのではなくて、見下ろす向きに私のことを見つめてらっしゃるのよね。

つまりだね。私、仰向けに寝そべってる巨もふ様のお腹《なか》の上にお邪魔しているんだ。なう。

………。

嘘《うそ》やん。いや嘘やん。巨もふ様のお腹とか、究極のもふ場と言っても過言じゃないじゃん。

頭の上もわりかし恐れ多かったけど、でも逆に頭じゃん？　骨のしっかり感あるじゃん？　背中だって背骨とか肋骨《ろっこつ》とかしっかりあるじゃん？

ここ、ポンポンなんすよ。ノーガードポンポンポン。おわかりか？

いやね、相手は私を一呑みにできてしまえそうな巨もふ様、それゆえ我々脆弱《ぜいじゃく》なる小生物のような薄《うす》い腹ではなく、確かな弾力《だんりょく》はあります。

でもやっぱ骨がないんよ。ポンポンなんよ。しかも辺り一面もっふもふ。

某《ぼう》現代日本の人気アニメでさ、異世界生物が作り出した野原を歩いてたやつあるじゃない。私ね。今それのもふもふバージョンにいる。何言ってるんだお前感もほんのりするけど、割とそう形容するしかない。両手広げてランラン言いながら歩き出したらセルフ再現できる。

私は今、もふの原にいる。巨もふの腹の上だけにね！

……。なんだろう、心なしか巨もふ様のつぶらな瞳《ひとみ》に見つめられているのが辛い。

巨もふ様は一切合切《いっさいがっさい》、圧倒的慈悲《じひ》と余裕とで、包み込んでくださっている。彼女はどこまでも優しい。比して、あらゆる意味で卑小《ひしょう》な自分に泣けてくるぜ。

だが……だがしかし……ここまで来たのなら、この千載一遇《せんざいいちぐう》の好機に恵《めぐ》まれたなら、たとえ我が命と引き換《か》えになるかもしれなかろうと、理性が「その辺にしておけ、そろそろ人間としての尊厳が……」なんてささやきかけようと、あと一個だけ、果たしたい野望がある！

それは！　おもむろに、体の力を抜き！　そのままもふの腹にＩＮ！

Ｏh……そう、これ。いやね、もともとさっきまでこうしてたし？　寝て起きて二度寝してるだけだし？

もふもふの腹の上でおやすみ。そりゃ、やれるならやるよね。

意識を保ったまま、全身にてもふみの尊さを味わおうと思ったら、たぶんこれが一番早いと思います。この後振り落とされるかもしれないって思っても、逃《のが》せないよね。

…………。

私、この異世界に来て何度か夢落ち疑ったし、「ははははそんな都合のいい展開まさかははは、この後やべー代価が来るんでしょ」とか斜《しや》に構えてたけどね。

今ならわりかし本心で言える。

死んでもいいわ。告白じゃないわ。普通《ふつう》にこの瞬間に満足してるってことよ。

ところで仮に今この瞬間死んだら、これってお腹の上での大往生に――それ以上いけない。

というか、この尊きお方の上でここまで雑念巡《めぐ》らせてるのが、さすがに申し訳なくなってきた。遅《おせ》えよもっと早く反省しろよと理性が憤慨《ふんがい》しているが、欲望に弱い奴で申し訳ない。人間ってそういう生き物さ。種族のせいにするな。

さて茶番はここまでにして……巨もふ様、本当にありがとうございました。

なんで頭の上からお腹に移動したのかわかんないけど、なんか今ちょうど思い出せない夢の中であれやこれや結構覚えておいた方がいい出来事があった気がするけど、とりあえずこう……今までの散々の無礼のお詫びと、あと心よりの感謝を込めて……さすさすさす。

両手をこすり、気持ち手に念を込め、普段《ふだん》より更に気持ちを入れて優しく毛並みをもっふもふ。

あまりぺいんのなさそうなぽんぽんだけど、お腹の調子がよくて悪いことってたぶんないしね。元気になあれ。今元気ならこれからも元気が続け。ぽっかぽかに温まれ。

そしてこれでもかというほどもふもふ様を整え終わると、満足なされたらしい彼女が起こした風に優しく包まれ、私はそっと地上に降り立った。あ、なるほど……意識がない間の頭↓腹ワープの謎《なぞ》が解けた気がする。魔法で風を起こして運搬《うんぱん》したんですね。便利ですね。

「きゅ。きゅ。うきゅきゅ」

地面に戻《もど》った私に、巨もふ様は身をかがめて何事かおっしゃった。うーん相変わらず言っていることはわからない。おかしいなあ、一瞬《いっしゅん》めちゃくちゃ流暢に頭の中でダイレクト会話してたはずなんだけど……なんだったっけ、思い出せない……。

「きゅ！」

「ぴきゅ！」

巨もふ様が顔を上げて高らかに一声上げると、パタパタ羽音が聞こえて赤さんもふもふがやってきた。

おお、そういえばきみ、どこ行ってたんだい。寝落ち前まではご一緒してたのに、今朝は今まで姿が見えなかったじゃないか。

って思って振り返ったら、あら、見覚えのある美顔……グリンダちゃんがのそっと現れた。

いや、彼女だけじゃないな。ローリントくんも、他の竜も……いや私がもふもふポンポンにすっかり気を取られて周りを見てなかっただけだけど、めちゃくちゃ竜集まってるね⁉

竜舎はもともと竜がやってきて過ごす場所だから、彼らがいるのは当たり前。でもこんなに多くの竜が一度に集まっているところは、たぶん今初めて見た。

昇《のぼ》っていく朝日の白い光が、きらきらと日に照らされて色合いを変える竜の体を光り輝《かがや》かせる。宝石のようなきらめきの群れに言葉を失っていると、彼らは一斉《いっせい》に空を向き——そして、飛び立った。

空の中に、宝石達が吸い込まれていく。

私は言葉もなく、ただ美しきもふもふ達が立ち去る様子に魅入《みい》っていた。


さて、振り返ってみれば、赤さんもふもふというレアもふに続き、巨もふ様という超絶《ちょうぜつ》レアもふとまでエンカウントしてしまった。

しかもただ一瞬すれ違ったなんてものではない。我々は一夜を共にしたのだ。

……いや、語弊《ごへい》ある言い方だけど、一緒に寝るなんて、普通出会ってその日にやっていい親密イベントじゃないですよね的なね、こう、ニュアンスをね、受け取っていただければ。

私の異世界生活、大体常に楽しいことばっかなんだけど、今回特に、この世の幸せの頂点極《きわ》めて、この後の転落が怖くなってきた今日この頃。

基本楽天家なのに、どうしても後半の落ちを警戒《けいかい》するのは、芸人魂《だましい》というより、私が自分自身の幸運を微妙《びみょう》に信じていない部分があるからなのだな。幸運があまりに続きすぎると、ほどよいバランスを求めたくなってくる系。一般人《いっぱん》だからね。

……で。なんで今、幻想《げんそう》的な竜達の帰還《きかん》を見送った直後に、こんなことを述べだしたかというとですね。

「そういえば寝落ちしたせいで、本来寝る前にやるべきあれこれをやってないな……」

と気がつき、とりあえず自室に戻ろうかなーと、くるっと振り返ってみましたところ。

なんかこう、見てはいけないものを見ている目の竜騎士の皆さんのお姿がね。視界に入ってきましたよね。

はい深呼吸ー！　おさらいしよう！

私は赤様のお世話をしていたところ、言葉はわからんが外に連れて行けと言っていそうな気配を感じ取り、言われるがまま竜舎にやってきた。

そして我々は、すんげーでっけー巨もふ様と会った。そして私は巨もふ様の声なき声を感じて、登り……うん。あれ、たぶん同意だったよ？　というか同意じゃなかったら、私振り落とされてたはずだよ？　何なら頭下げて、「さあお乗り」ってやってくれたのは向こうよ⁉

でもさ。諸々状況《じょうきょう》整理して察するに、あの巨もふ様、赤様の保護者様なんですよね。何ならお母さまだったのかもしれない。

そしてそれ以上に、たぶん竜の中でもかなりのＶＩＰだったのだな。赤様が人前に出てくることも珍《めずら》しかろうが、きっと巨もふ様はそれ以上に人前に出てこない方だったのだ。

と、いうことなんだろう？　このいたたまれない空気と距離《きょり》感から察するにさあ！

いや、今までもね。異世界人だしなって感じで、敬いつつ遠慮《えんりょ》しつつって感じの空気――一言でまとめれば、お客さん扱《あつか》い？　まあそういうのはね、竜騎士の皆様から感じていましたとも。

そうじゃないんよ。向けられる視線の種類が違うんよ。あれ、ほぼほぼ確実にドン引きしてるんよ。やらかした人間に対する目なんよ。

そして何をやらかしましたかって、心当たりしかねーのですわよコンチクショー。もう完全に人目を忘れて巨もふ様のもふみを堪能していたからね。

でも本人（本竜？）はたぶん、いいよって言ってたし、その後竜の皆さんだって全然何も言わなかったよ……！

いや、サヤ。冷静に考えてみ。

例えば現代日本でさ、我々庶民《しょみん》が大統領と急に会う機会があったとして、大統領が「ヘーイジャパニーズガール、私のことハグしていいYO！」って言ったとするじゃん？　そこで素直《すなお》に、「わーい！」ってハグしに行ったら、どうよ。幼女とかならまだ許されるかもしれないが、アラサーがやったら、どうなるよ。だからたぶん、そういうことだよな。

というか、まあ見た目の時点でね？　普通じゃないのは充分《じゅうぶん》わかってたんだけどね？　でも竜の皆さん的には、「よきにはからえ」空気だったからね、郷《ごう》に入《い》っては郷に従え状態だったのだけども。

人間世界のルール的にはよきにはからえない人だったんだなって、今静かに実感が湧《わ》いてきて、結果私の足は震《ふる》えています。これが本当の意味怖《いみこわ》体験記ってやつかな？　体験したくなかった。

見てよほら、イツメンことバンデス氏とショウくんも視界内にいらっしゃるのだけど、「こういうときどういう顔をすればいいのかわからないの」って表情だよ。あの全体的に親切な竜騎士の皆さんの中でも、特にフレンドリーで何かとフォローしまくってくれてたお二人ですら、なんか気まずさ全開な空気なんよ。

フッ……しかしね、もう事は起こった後、どうしようもないんだな。

え、でもこれ私どうなるの。死ぬの？　処刑《しょけい》されるの？

「………」

そして周囲の「この空気なんとかしてくださいよ」の視線が送られた先、無言でざっざと足音を立てながら歩いてくるのは……困った時の我らがアーロン団長！

うん。まあ、ね。責任者案件なんだね。わかるわかる。どうしよう。手元に赤さんもふもふがいれば今猛然《もうぜん》と撫で繰《く》り回したところなのだが、あいにく手ぶらである。

土下座か？　やはり原初の命乞《いのちご》いイズジャスティスか？　学生時代ならローリング土下座できたはずだけど、今のアラサーの運動能力ではどうかな……いやでも異世界来てから大分体の調子いいし、ワンチャン……！

しかしやはり判断が早いのは仕事のできる団長の方、彼は私が意を決して空中に飛び出す前に私の前までやってきて、片膝《かたひざ》をつき。

「──竜使様《みつかい》、よくぞお戻りになりました」

ヘイ、ジーザス。確実にまたやらかしたがゆえの囚人《しゅうじん》案件かと覚悟《かくご》していたら、訪問者殿からまさかのランクアップを果たしたらしいんだが。

これ、どういうことなんだい⁉

◇◇◇

場所が変わって城内、応接室。

私は一度、竜舎から自室に戻って身支度《みじたく》を整えてきた。ついでにかるーく、朝ご飯をつまませてもらった。ちょっと落ち着きたかったのと、一回引っ込んでから出ていったら、団長をはじめとする竜騎士の皆さんの物々しい雰囲気が消えるかなと期待したのだ。

ほら、パソコン再起動する要領でさ。困ったらとりあえず電源オフして見なかったことにしてから立ち上げたら、大体の問題は解決するじゃない？

結果ですか？　全然そんなことはなかったね。これ電子機器じゃなくて、人間関係だしね。

くっそう、マイアさんはそんなに態度変わらなかったから、竜騎士の皆さんもいつも通りになるかなと思ったのに。でも考えてみれば、あのハイスペックメイドさんは、元々距離感わきまえてます系丁寧対応がデフォだった。ぶれない女性って素敵《すてき》ですよね。白目。

一方でさ、私が引っ込んでる間に、応接室に私用の上座が用意されていたの、マジでどういうことなの。

こわあ……案内された椅子《いす》が普通のやつじゃなくて、玉座っぽいやつになってる、こわあ……。お白州《しらす》に引っ立てられてお叱りを受けた方が、まだ気分的に楽な気がするんだけど。

私の人生史上、最高に身の置き所がない。胃が痛い。怒られたり下手に扱われる方がまだ気持ちが楽な気がしてきたよ。なんだこの……何、この上級者待遇《たいぐう》、やっぱり私この後なんかの儀式《ぎしき》でハートキャッチ物理とかが待ってるんじゃないのかな……。

「えっと……アーロン団長？　その、何が何やら……みつかいさま、とは……？」

「確かに、今代の竜使様は、訪問者様でもあらせられる。ご説明しよう」

ようやく一言発せそうというタイミングを見計らい、めっちゃかしこまってて物理的な距離も遠くなっている団長相手に、恐る恐る声をかけてみる。

さて、団長曰く――。

ドラゴン社会はシンプルに年功序列制である。

そんなに厳格なヒエラルキーが存在するわけではないが、異なる性質を持つ個が群れをなす知的社会性生物である以上、頭ポジションが必要になってくることもあるわけだ。

まあ普段は別にそんな上下とかないが、何か事が起こった場合には、大体その場の一番年を取ってる竜が、とりまとめ役なり決定権を持つ御仁なりに割り振られる。

なんで年寄りが偉《えら》いのか。理由はシンプル。

長生きすればするほど、竜の体は大きく育ち、体内の保有魔力も増していく。当然経験だって豊富である。

ざっくり言えば、老竜は総じてでかくて強いのだ。彼らの社会では、年の降順は実力順とほぼほぼ同義になる。

ちなみに竜って、寿命《じゅみょう》直前まではピンピンしてるらしい。衰《おとろ》えが見えだしたら死期の合図って、なんだか仏教界の天人みたいですよね。地球に本当に天人って種族が存在しているのか、知らんけども。

ともあれ、二十歳《はたち》過ぎれば老いという劣化《れっか》との闘《たたか》いとなる我々短命種と違い、竜の皆さんは老いれば老いるほど強化されるってことなんだな。

あともう一つ、竜の老いによる変化傾向《けいこう》に関する余談。彼ら、若い時にはカッカしやすい性格してても、おじいちゃんおばあちゃんになると総じて丸くなるらしい。

……というより、凶暴《きょうぼう》な性格が治らない個体は、手に負えなくなる前に淘汰《とうた》対象となる運命なのだそうだ。同種にとっても異種にとっても脅威《きょうい》となるから。

老竜とは、普段は温厚《おんこう》でのほほんとして傍観者《ぼうかんしゃ》に徹《てっ》しているが、ひとたび世界の危機に瀕《ひん》すれば立ち上がり、調停者となって導く――そういう存在らしい。

ここまで来たところで、諸君は「あれ？」と思ったかもしれない。

私も思った。だから神妙《しんみょう》な顔で解説してくれている団長アーロン氏に、そっと手を挙げて口を挟ませてもらった。

「あの……ということは、私が好き勝手撫で回し――いえ、精一杯《せいいっぱい》心を込めてご奉仕《ほうし》させていただいたお方は、つまり」

「かの竜神様は御年《おんとし》数千年、最古の竜であらせられる。普段は竜の谷で、昼夜問わず、のんびりとうたた寝をしていると聞く。人里に下りてくることは滅多《めった》になく、まして加護を授《さず》けていくなどと……」

りゅーじんさま。さいこのりゅー。

この辺の時点で「老いれば老いるほど偉い」ルールを聞かされた直後ゆえ、パンチがでかいのだが、もう一つ聞き逃せなかった単語がある。

「あの、加護って……？」

「前にも軽くご説明したが、竜には真名が存在する。我々竜騎士は、彼らの背に乗り、呼び名をつけることを許されている。呼び名で呼ぼうと、拘束力《こうそく》が発生するわけではない。——だが、真名は違う。真名には拘束力がある。呼べば必ず対象ははせ参じ、その力を行使する。竜から真名を教えられること、それすなわち竜の加護を得ること」

あーはいはい、なんとなーくおぼろげに心当たりがあるあれかー。

つまり、ざっくりまとめると？　超高位竜の召喚呪文唱えられるのが、私的なね。ただ竜とお友《とも》達《だち》関係な竜騎士と違って、竜を一方的に呼び出し可能？　な権限があるから、竜使と呼ぶし区別しますし、いわば竜騎士の上位互換《ごかん》扱いですと。なるほどなるほど——。

アホかー！　一応、頭でなんとなく理解はしてるけど、話が壮大《そうだい》すぎてついていけてないわー！

表情がただの真顔から動いてないのは、どう考えても私の手に負えない案件を意図せず握ってしまっているらしい、この状況が完全に許容外だからだよ！

「えっと……つかぬことを伺《うかが》いますが」

「何だろうか」

「私に加護が授けられているとは、どうやって……？」

「御印《ごいん》――加護を授かった証が光り輝いていた。今は収まっているが」

団長さんの視線が私の額辺りに――おいマジかよ私、今度は光る額を手に入れてしまったのか！

ハンドパワーはまあいいとして、おでこは恥ずかしいわ！　今は収まってるらしいけど！

頭を押《お》さえ、動揺《どうよう》も抑《おさ》えようとしながら震える言葉を続ける。

「団長さんは、グリンダちゃんの真名はご存じなんです……？」

「知らないな。グリンダはグリンダの都合で私に付き合ってくれているだけに過ぎない」

「その……竜使って、もしかしなくても結構レアだったりします？」

「そうだな。竜騎士は知識を蓄《たくわ》え、訓練を重ねれば目指すことのできる存在だが、少なくとも竜使は、なろうと思ってなれるものではない」

「なるほど……」

私、沈黙《ちんもく》。団長も沈黙。

どうすんだこれ？　どうにもならなくないか、これ⁉

あのめちゃくちゃ親切だけど浮世離《うきよばな》れした御仁に、

「私、知らない間にあなたの加護授かったらしいんですけど、あなたの上で不敬にまみれながらお触りしてただけですし、ちょっとしたお礼返しにしては釣《つ》り合ってなさすぎじゃないですかね⁉」

って問い詰めたくても、この場にもういないし！　何なら今、「普段は竜の谷にいる」とか言ってたってことは、あの人滅多に出てこないどころか、もう会えない可能性まであるし！

なぜ……皆様がドン引きの目をなさっていたのか、改めて身に染《し》みました……。私も私に引いているよ。なんということをしてくれたのだ。

ど、どうするサヤ。考えろサヤ。

団長さんの目も、控《ひか》えていらっしゃる竜騎士の皆さんの目も、めちゃくちゃ辛い。あと団長の距離が相変わらず物理的に遠いのもじわじわ来る。どうすればいい、この場を切り抜けるには——。

「あの、僭越《せんえつ》ながら、団長さん」

「はい」

「竜使様って、偉いんですかね」

「……替えのきかないお方ですので」

「…………。竜使の言うことなら、何でも通るルールとか、あったりするんですか？」

「………………。最大限、努力はいたしましょう」

今、「ん？　何でもするって言ったよね？」トラップを回避《かいひ》しようとしたけど、でも諸々考えるにノーとも言えねえ、みたいな葛藤《かっとう》の時間があったな。

「そうですか。その……実は、お願いしたいことがあるのですが」

私の言葉に団長さんも身を硬《かた》くしたし、竜騎士の皆さんも顔をこわばらせたのがわかる。

久方ぶりの異世界訪問者、プラス、最古竜の竜神様の加護持ち。

まあなんていうか、たぶん私、やりたい放題やろうと思えばできるんだろうな。虎《とら》ならぬ竜の威《い》を借ることによって。

しかし、ちょっと心が痛いのですが、これだけは……この謎の竜使特権とやらを行使して、お願いせずにはいられまいことなのだ……！

「——この物々しい特別扱いをやめて、元の訪問者兼竜騎士見習い扱いに戻していただくことってできないんですかね？」

六章　ゴッドハンドは世界を救う

突然《とつぜん》だが、良い知らせと悪い知らせがある。

まず良い知らせは、私の希望「その謎《なぞ》のＶＩＰ待遇《たいぐう》なんとかならないんですかね」が、まあまあ通ったってことだ。

提案直後、真面目《まじめ》一徹《いってつ》団長は当然のように渋《しぶ》ったが、

「敬意を払《はら》ってもらえるのは嬉《うれ》しいし光栄だけど、日頃《ひごろ》からこんな空気は私もやりにくいし、たぶん竜騎士《りゅうきし》団の皆《みな》さんもそう。無理を通して異世界の現地ルールを曲げたいわけじゃなくて、お互《たが》いやりやすくしたい。公《おおやけ》の場に出る時は物々しい扱《あつか》いになるのも仕方ないだろうけど、少なくともここにいる間は元の通りにしてもらえないでしょうか」

などと言ってみた。

団長氏は情に訴《うった》えかけるより理論派だと思われるので、効率という観点から理屈《りくつ》っぽく攻《せ》めてみたというわけだ。

「確かに、私は貴女《あなた》に快適な生活を約束した。貴女にとって現状は、そうでないのかもしれない。だが、あれは言ってしまえば、あなたがただの訪問者だった時の話、今は状況《じょうきょう》が変わった。貴女の価値はこの世界ではもはや代わりのきかないものとなっている。元通りにはできない」

が、そこは相手が団長、やはり一筋縄《ひとすじなわ》ではいかなかった。

まあ、そらそうだ。本当、言わんとしてることはわかる。

私はもう自由を謳歌《おうか》するだけの十代少女ではなく、責任についても理解しているアラサーなのである。本意でないにしろ発生する責任と、それに伴《ともな》う扱いというのも承知してはいる。

しかも現時点でそれはもう、色々融通《ゆうずう》きかせてもらってるのもわかる。ここはいったん様子を見て、後で慣れてきた頃《ころ》にこちらの要求を徐々《じょじょ》に伝えていくという手もある。

でもなんか……これは。ここでちゃんと「そういう風にこの世界で過ごしていきたいわけじゃない」って伝えておかないと、なんかこの先まずいことになるような予感がした。

特に団長さん。なんかここで彼《かれ》からの竜使《みつかい》扱いを呑《の》んだら、一生そのままな気がする。一線引かれて、絶対的な壁《かべ》を作られて。

というか既《すで》に、心の壁を感じるわ！　色々距離《きより》が遠いわ！

赤様という未知と遭遇《そうぐう》した時、団長アーロン氏は「大丈夫《だいじょうぶ》だ。きみならできる」と言って、私を安心させてくれた。でも、今の彼はたぶんもうそんな風には言ってくれない。「竜使として当然のこと」と、静かに私に義務の遂行《すいこう》を求めるのだろう。

それは……困る。だってそれ、私個人が気まずくなるというだけの話じゃなくって、チームプレイに支障を来《きた》すようになるってことじゃんな？

――しかし、お互い相手を退かせる決定打のないまま、我々の主張はしばらく平行線をたどっていた。

後ろの竜騎士の皆さんも、心配そうな風情《ふぜい》で、ちらちら我々に視線を往復させている。

……仕方ない。申し訳ない気持ちもあるが、ここは対団長必殺カードを切らせてもらおう。

「わかりました。ではこの先は竜使らしく振《ふ》る舞《ま》います。とはいえ、私には重責がありすぎて、たぶんそのうちストレスでやつれ、満足に竜をモフることができなくなり、結果最も損をするのは竜ということに」

「わかった。元通りにしよう」

ドロー！　ゲームセット！

……いや、効果的だろうとは思ってたし、効果を期待して交渉《こうしょう》に出したわけではあるのだけど、即落《そくお》ち二コマより早くなーい⁉　食い気味の返答のせいで、私もびくってなったけど、後ろのバンデスさんとショウくんがずっこけてるよ！

本当、竜のことはすべてに優先するんだな、この人……しみじみ。私がどうこうじゃ引かなかったのに、竜を出したら無条件降伏《こうふく》か。そうか。そらそうだ。

だが、なんだろうこの、ブレない様と私の団長に対する理解度に安心したような、「もうちょっと葛藤《かっとう》の時間があってもいいじゃんかよぉ、私のことだとそこまで即決しなかったのにさぁ！」と思うような、複雑なお気持ち。

いやしかし……これだけ竜命な人でも、竜使にはなってないんだなあ。マジでどういう選定基準なの？　あんま竜の悪口言いたくないけど、この人選ばないで私取るって、ちょっと見る目が節穴アイじゃない⁉

私の色々複雑な胸中はともあれ、バンデスさんが、

「いやー良かった、そんじゃ変に堅苦《かたくる》しくなるこたぁねえな！」

ってガハハと笑ってくださり、そして竜騎士の皆さんには元の空気が戻《もど》ってきた。

あの仰々《ぎょうぎょう》しい謎の玉座風椅子《いす》も撤去《てっきょ》してもらった。よかったぜ。これから毎日あれに腰掛《こしか》けろって、わりかしハードプレイだったんだぜ。

でも今まで以上に私が重要人物となったことには違《ちが》いないので、安全管理はしっかりしようねとなった。

もうちょい具体的に言うと、侍女《じじょ》と護衛が増えるらしい。とはいえ、人員増を急いだ結果変な人をあてがわれるのも困るので、もう少しは現メンバーに過労シフトを強《し》いるってことになりそうだ。

すまない……特にマイアさん、一人で私の侍女係こなしてるからね。ワンオペで、本当にすまない……。


というわけで、ここまでが良い知らせパート。途中《とちゅう》若干《じゃっかん》悪い知らせパートも挟《はさ》んだが、問題は過労シフトだけじゃないのだ。

「竜使様、今日は何を知りたいですか？　何でもお見せしますよ！」

「竜使様、ご要望の上り台を作ってみましたよ！　早速《さっそく》使い心地《ごこち》を教えてください！」

「竜使様、見てくださいよ！　壺《つぼ》をピッカピカに磨《みが》きましたよ！」

わかるかな、この……伝わる？　竜騎士の皆さんが醸《かも》す、謎のハイテンション。

いや、なんかね。竜使に選ばれてもおごることなく、何より竜のことを第一に考えろと団長を説得したのが、まさに選ばれし者の風格的なね。そんな感じで、私の株が爆上《ばくあ》がりしたらしくてね。敬遠はされなくなったが、今度は過剰《かじょう》に懐《なつ》かれている気がする。

いや、助かってますよ？　上記の通り、教育熱心だし、竜モフ業の手伝いは本当にありがとー！　しかないし、雑用も……なんで私にわざわざ見せに来るんだって定期的に宇宙猫《ねこ》になりそうにはなるけど、でもやっぱり偉《えら》いことだと思うし。

もちろん、嫌《きら》われるよりは好かれる方がいいに決まってる。だが、株は上がるに越《こ》したことないってわけじゃないだろう。何事もバランスだ。

あと、竜騎士団の皆さんとは、そんな感じで前よりコミュニケーションもスキンシップも増したぐらいなんだけど。

団長アーロン氏はあれ以来、必ず一定の距離を保ち、あまり視線を合わせない状態になってしまった。前は割と予定の合間に特に用事がなくても顔を見せてくれたけど、今は何か話しかける用事がないと、私に会いに来ようとしていない気がする。

ま、まあ、元々忙《いそが》しい人だしね。私が竜使になったのもまた多忙《たぼう》にした原因の一つだろうし仕方ないけど……う、うう。そうかあ、結局こうなるのかあ……。

「サヤー。ちょうどいいってよー」

ハッ。バンデス氏の声。

別の考え事してても、ちゃんと手は竜の毛並みを整えているのだ。マルチタスク万歳《ばんざい》。

最近じゃ力加減やそれぞれの竜の好みも把握《はあく》してきたので、前より効率的にモフることができていると思う。

竜は全員が竜騎士と縁《えん》を結んでいるわけじゃない。でも、担当竜がいる竜騎士は、竜から話が聞ける。そして彼らの担当竜は、人間と縁のない他の竜ともコミュニケーションできる。要はちょっとめんどくさいけど、問診《もんしん》も全竜やろうと思えばできたってこと！

ってわけで、それぞれの竜の好みやら問題やらを聞き出して、「きゅ」しかわからん人達《たち》へのもふ質向上にも役立てているのが、最近の私の仕事模様なのですね。

ちなみに私のゴッド☆ハンドは、ある程度対人有効でもあるので、竜を撫《な》で回した後お仕事終わりの皆さんの肩《かた》をもみ、力加減や手触《てざわ》りの練習にもさせてもらっている。

人間と竜では触り心地も力の入れ方も違うが、同じような部分もある。

今研究中なのは、私の体を痛めず、でもちゃんと圧が伝わるような押《お》し方だ。

優《やさ》しく撫でるだけで満足という方々は私もそんなに力を使わずに済むが、凝《こ》っているとこを力強くほぐして！　なタイプだと、こちらも重労働になる。

が、一頭触る度《たび》に腱鞘炎《けんしょうえん》やら筋肉痛やらを起こしていると、順番待ちがいつまでも解消されないではないか。

万能湿布《ばんのうしっぷ》で翌日にはリセットできるが、逆に言えば一日待たないと、次の竜が撫でられない。

あと湿布は湿布なので、朝一の竜に「くしゃーい」って顔される。ついでに運が悪いと、お日様の香《かお》りと湿布の香りの合体事故を起こしてしまう。

なでなでが終わった直後、無言で砂浴び始めたの見たら、うん。やっぱりね。心に来るものがあったからね。そうか臭《くさ》いんか私、って。

だから湿布を貼《は》らなくて済む、でも満足率は保つ、そういう方に改良を試みてるってわけだ。ついでに竜騎士の皆さんもほぐしているので大好評である。

……まあ総合して考えると、今までとそう変わらないどころか、ルーティンが固まることで効率化も始まり、「いやめっちゃ快適に過ごせてね？」ではある。

でもこのルーティンには、何かが……何かが足りない……！

「……あれ、ショウくん？」

ため息を吐《つ》きつつ、ローリントくんの撫で回しが終わり、私用上り台を使って地面に帰ってきた。するとバンデス氏の隣《となり》に、なんだかやつれた様子の美少年がいるではないか。上った時はいなかったはずなんだけどな。

「サヤさん、お疲《つか》れ様です……」

「いや、疲れてるのはきみの方だと思うよ……？」

「そうだぞー。竜使様パワーが欲《ほ》しくて来たんだろ。変に遠慮《えんりょ》してるから限界が来るんだぞ」

「バンデスさん、だからその竜使様パワーって、やめてくださいってば」

マッチョメン騎士はカラカラと笑う。まあ、彼はこんな風に私が竜使になったことを、ちょっとしたネタにはするけど、距離《きより》感が前と変わっていない、ありがたい人材なのだ。

一方、ショウくんの方は確かに、最近エンカウント率が低めになっていた。

彼の場合、前に出来心で「ほぐしてあげるね！」した時のリアクションがアレで、二度目ができていないって事情もあったりはするんだけど……。

ともあれ、なんか思い詰《つ》めたようなふいんき（※なぜか変換《へんかん》できない）漂《ただよ》わせてるし、まずはヒアリングから入ってみましょうか。

◇◇◇

竜舎《りゅうしゃ》に私がいる、すなわち竜が無限に撫でてくれと集まってきてしまい、結果私もつい撫で回す無限ループが完成してしまうため、我々は一度屋内に移動することにした。

すみませんねえ、竜の皆さんはともかく私が欲望に逆らえない人間で……。バンデス氏の小脇抱《こわきかか》え式移動も大分慣れてきたよ。慣れたくなかったね。

さて、美少年ショウくんのお悩《なや》みを聞くには、誰《だれ》でも出入り自由な詰め所より、もうちょっと引っ込《こ》んだ所の方がふさわしかろう――というわけで、今適当な小部屋の一室にいる。基本空き部屋扱いで、たまに面談とかやりたい時に使う部屋なんだそうだ。

私としても、詰め所にいると竜騎士の皆さんがあれやこれやと構いまくってくれすぎる今日この頃《ごろ》のため、個室の配慮《はいりょ》はちょっとありがたい。

根がね。コミュ障だからね。人口密度の低い空間がね。必要なんだよ。精神ハムスター。

今回も、意外にも紅茶淹《い》れに定評のあるバンデスさんのサービス付きである。

あの筋肉からどうやってこんな繊細《せんさい》な味が……いやむしろ筋肉があるからか……？　私も鍛《きた》えよ

うかなあ。腕立《うでた》てが怖《こわ》くなくなったら、もっとダイナミックなもふみの世界まで到達《とうたつ》できるかもしれないし……。

お紅茶を淹れだしたバンデス氏は、ニヤッと笑って切り出した。

「で、どうしたんだ？　連日幸せが逃《に》げていきそうな顔してよ。俺《おれ》ァまあ大体見当ついてるが」

バンデス氏、おちゃらけた感じですけど、面倒見《めんどうみ》よくて気が利《き》く人でもあるんですよね。団長さんとか、真面目だけどちょっと鈍感《どんかん》そうだしな……というか実際鈍感だし……。

いやなんで今流れるように団長ディスった私？　気にしすぎかよ。

……そうだよ気にしてるんだよー、ちくしょー！　サブリミナルのように思考の合間に紛《まぎ》れ込んでくるのだから、本当に困ったものだわ。でもなんかいまいち、モヤモヤするだけで言語化できないのだから余計に困ったものだわ。

で、私の事情はどうでもいい！　今はため息を吐いてうなるショウくんのことだ。

「ついてるんなら、なんでサヤさん巻き込むんですか」

「適任だと思うがねえ？　団はほら、野郎《やろう》ばっかだしよ」

「本当、あなたって人は……」

ほむん……まだお悩み内容がわからないから、私がこの場にいるのが適切かと言われると、答えに困るね。

まあ、せっかくお茶をいただいたわけだし……肩こりとか足のむくみってことなら、他の竜騎士の皆さんに実践《じっせん》して前よりコツをつかんできたマッサージハンドの披露《ひろう》もよろしくてよ。変な喘《あえ》ぎ声を出さない範囲《はんい》でな！

「気持ちの問題にせよ、体の問題にせよ、ため込むのって良くないですからねえ。私がいない方が話しやすいようであれば、席を外しますが」

「えっと……うーん……サヤさんを煩《わずら》わせるのも申し訳ないんですが……」

「抱え込んでその面《ツラ》になってる時点で本末転倒《ほんまつてんとう》だろ。自分に余る問題は外に投げる！　おめーら真面目連中は、そういうのが下手くそなんだよ」

バンデスさん、いい上司。あと実際に、自分にできないって思ったらホイホイ周りに押しつける様子が目に浮《う》かぶ。

でもまあ、千差万別、適材適所、せっかく群れで生きているんですから、それぞれが長所を生かせばいいわけですよね。稀《まれ》に、誰かがやらなきゃいけないけど、誰もやれないとかやりたくないとか、そういう貧乏《びんぼう》くじ業務もあるわけですが。

はて。ショウくんは見習いだし、なんかそれでめんどくさい仕事でも押しつけられてるのかな？竜騎士団、全体的に風通し良さそうで、変な新人いじめとかはなさそうに見えるけども。あーでも彼、いかにも華《はな》やかな業務を好む若者で、雑用とか地味な下積み業務にはちょっと渋い反応示してたようでもあったし……そういう奴《やつ》、かな？

私が推測しつつ見守っていると、美少年はしばし悩んでいたが、意を決した表情になり、大きく息を吸った。

「実はですね、サヤさん」

「ほいさ」

「僕《ぼく》……女の子の気持ちがわからないんです」

「…………。うん？」

パードゥン？　今一応言葉は聞き取れてたと思うけど、その意味するところが全然理解できない状態になってる。

女の子の気持ち。女の子の気持ちかあ！　そいつぁちょっと、私にもわからない時はわからないぞ。

確かに元女子ではあるが、いわゆる陰《かげ》の者ゆえな……光の女子の気持ちは理解できそうにないです。特に恋愛《れんあい》強者系。

「あの、違います、誤解です！　別に僕に気になっている女の子がいるというわけではなく……」

「気になってる女性ならいいそうだがな」

「バンデス！　邪魔《じやま》するだけなら出て行ってくれませんか⁉」

「悪い悪い、もう茶化さねえって」

誰か教えてほしい。この場で今すぐ「ヘイ少年、たぶんこれは自意識過剰じゃなく、きみが向けている熱のこもった視線の先にいるのって私なんだろうなって薄々《うすうす》感づいているからこそ言っておくが、この女、三十歳《さい》なんだぜ。十歳以上年上ぞ？」ってカードを切ってその幻想《げんそう》を打ち砕《くだ》いた方がいいのだろうか。

いや、さすがに今言うのは、たぶん人の心がなさすぎるな。そもそももっと早くに言っておけって話なんよ。よく言いますよね、些細《ささい》な嘘《うそ》が後で取り返しのつかない火種となるのだって。最初が肝心《かんじん》って。

うん、一瞬《いっしゅん》慣れない事態で大分思考がフィーバーしたが、深呼吸して落ち着こう。

え、でも何？　今てっきりこの恋愛クソ雑魚《ざこ》異世界人にピュアな青少年の交際相談を持ちかけられたのかと思って滅《ほろ》びの呪文《じゅもん》を唱えたい衝動《しょうどう》に駆《か》られたわけだが、なんかそういう雰囲気《ふんいき》じゃなさそうね。どした？

「実はその……サヤさん、前にお会いしたエメリア＝マーガレット＝ヘンフリーのこと、覚えていますか？」

アーハン。覚えてますとも、個性的な悪役令嬢《れいじょう》――もとい、お嬢さんだったゆえ。

「隣国《りんごく》の……伯爵《はくしゃく》令嬢？　でしたっけ。団長さんと因縁《いんねん》がある方で、私滞在《たいざい》中というちょっと間の悪い時期に、この辺境に押しかけてきたのですよね。その後お元気ですか？　前回は泡吹《あわふ》いて倒《たお》れていらっしゃいましたものね、ちょっと心配してたんですが」

「あ、大丈夫です、至ってピンピンしてます。ただ……」

ほむ。読めてきたぞ。

彼女《かのじょ》もティーンズ、十代後半と見えた。そしてショウくんもたぶん同じ年頃《としごろ》、しかも彼は察するに良家のご子息である。

お騒《さわ》がせな客人を放っておく訳にもいかないので相手役を任されたけど、色々手を焼いている……そんなところだな？

しかしそれ……私にどうにかできることかな？

ま、まあ、もうちょっと続きを聞いてみるか。この前はグリンダ嬢の突撃《とつげき》でうやむやになったけど、騎士団の皆さんも団長さんも頭を悩ませている問題っぽいしなあ。無視して関係ありませんともいくまいて。

「えっ……エメリア嬢って、ショウくんの親戚《しんせき》さんなんですか⁉」

「はい。なんでも祖父母の代には姉弟《きょうだい》だったらしく」

「はとこかまたいとこってやつだな」

問題を解決するには、まず現状を正確に把握することから！

というわけで、私はまず改めてショウくんから、悪役令嬢――もといエメリア嬢についてのあれこれを聞き出している。

まずはさっくりと、まさかの血縁《けつえん》関係情報を得たり。

「さすが貴族世界……大体皆親戚関係って本当だったんだなあ」

「……あれ？　僕、サヤさんに家名名乗ったことありましたっけ……？」

「え？　いや、たぶん正式なフルネームは未《いま》だに知らないですね。でも、明らかに良家のご子息の所作ですし」

「面が坊《ぼっ》ちゃんの形してるしな」

「どういう意味ですか⁉」

そういえば、竜騎士の皆さんって最初めちゃくちゃ簡素な名乗りしかしないから、後々で「実は団長兼《けん》王子兼辺境伯《へんきょうはく》だよ」とか発覚したりしがちなんだよね。主に今例に挙げた人のせいでできてる気風だと思う。

まあ本人的には「ドラゴンをモフモフする仲間に身分の情報とかいるの？」的な感じなんだろうけど……察しはできても察した以上のＶＩＰだったりするのが恐《おそ》ろしいところなんだよなあ。

ここで私はふとあることに気がついた。この場のあと一人にふと視線を向けてみる。

バンデスさんは色黒の筋肉男だ。彼もまたマッチョ系イケメンおじさんである。というか竜騎士の皆さんは、俳優さん達の集まりかなってぐらい総じて顔がいい。

目と目が合う瞬間《しゅんかん》。別に恋《こい》は始まらないけどちょっと緊張《きんちょう》は走った。

「……バンデスさんも、実はやんごとなき隠《かく》し球をお持ちな方だったりします？」

「うんにゃ。俺ァフッツーに、なんの血統書もついてない田舎《いなか》村出身者だから安心しろ」

「ですよね、よかったです！」

「おう！　……ん？　ま、いっか！」

気持ちのいい返事をしてくれた後、「あれ？　今のってちょっぴり貶《けな》す方の意味合い入ってないか？」と一瞬思ったけど、やっぱり気にしないことにしたらしい。ネチネチしてない人っていいよね！

あと個人的には、ストレート庶民《しょみん》の存在はありがたや。いや団長さんやショウくんが悪いとは言わないよ⁉　ただちょっと、彼らといる時は背伸《せの》びしたくなる感じ、バンデスさんは等身大が許される感じというか……そんな感じです、はい。

　さて、じゃれ合いを挟みつつ、本題は悪役令嬢イズ何者という件である。再びスピーカーはショウくんへ。

「ええと……そもそも今、僕たちがいる場所は、エルステリア王国北東の辺境領です。エルステリア王国は、大陸で最も北に存在する国の一つ。エメリアの国は、エルステリア王国から見ると西に位置します」

「……ってことは彼女、この辺境領に来るために、王国を横断した、と？」

「あの厄介《やっかい》な嬢ちゃんをみっけたのはチューリアルの森、辺境領じゃ南の方にある。森は辺境領と隣の領を隔《へだ》てる役割も兼《か》ねてるんだ。普通《ふつう》はちゃんと整備された街道《かいどう》を通るんだが、たまーにショートカット移動しようとする奴が森に入って思った以上に強い魔物にパニクって、で結果俺らが出動することになるんだな」

　そういえば、エメリア嬢が来るちょっと前、森で遭難《そうなん》者が出たとかなんだとかでバンデスさん達がお出かけしてたような。あの後からちょっと団長さんの姿を見かけなくなったり、竜騎士の皆さんが全体的にげっそりしだしたりして……なるほどなあ、色々事情がわかってきたぞぉ。なんか勉強の復習してるみたいでちょっと楽しい。

「エメリア様は、どうして森に入ったんです？　やっぱり辺境領を目指していらっしゃったんですか？　団長さんに会いに？」

「そ、そうですね……」

途端《とたん》に目を泳がせるショウくん。なんか……全く知らない人のあれこれは所詮他人事《しょせんたにんごと》ですけど、身内のやらかしっていたたまれないですよね。そんな感じなのかな。

「んーと。エメリア様って、たぶん団長さんが初恋《はつこい》の人なんですよね？　わざわざ会いに来るなんて情熱的だなあ。でもちょっと間が悪いというか、逆にいいって言うべきなのか……どうしてこのタイミングだったんでしょうね？」

いったん自分の中での認識《にんしき》を整理して言語化してみると、ついでにずっともやーっとなんとなく心にあったものが言葉にできてすっきりした。

そうそう、タイミング。それが気になってたのよ。

私が辺境領に落ちてきたのと、エメリア嬢が辺境領の森に入ったのってほとんど同時期だ。どうも団長や竜騎士の皆さんの反応見てるに、それって大分珍《めずら》しいことみたい。少なくとも、前にも経験あるので対処可能ですって雰囲気では全然なかったよね。

久しぶりに異世界からやってきた私の情報は、結構な重要事項《じこう》ゆえ取り扱い慎重《しんちょう》案件。なのに、これまた別ベクトルで取り扱い注意なエメリア嬢がバッティングしたって……。

これが例えば意味のあることなんだとしたら、結構不穏《ふおん》な話じゃない？

彼女のファーストミーティングの印象は、こう、良くも悪くも素直《すなお》なお嬢さんなのかなって感じだったけど。でも腹芸は貴族の得意分野だし、彼女自身はただ団長さんに会いたかっただけなのに、別の思惑《おもわく》のある誰かに仕組まれた、とか……。

「あー。えーっと。そのぉ……」

「んー。あのな、サヤ。あー……」

ほーん、露骨《ろこつ》に竜騎士二人が冷や汗《あせ》をかいてそうな顔になったぞ。

そう、彼らのこの態度もまた、私に不穏を感じさせる要素の一つである。

「私相手だと開示できない情報ってことなら、察して聞かなかったことにしますんで」

「えっと、そうではなく……なんていうか……」

「よし、ショウ。俺が言うぞ」

咳払《せきばら》いするバンデス氏。ちょっと物々しくて怖いぞ。いったいあの悪役令嬢は何を隠し持っているのだね。

「実はな、あのエメリアの嬢ちゃんは……」

「はい」

「……お告げを聞いたらしいんだ」

「はい。……はい？」

デジャビュー。おい私さっきもこのアクションした覚えあるぞ。

そしてさっきは宇宙が見えたが、今度は一瞬の宇宙の後、なんか猛烈《もうれつ》にテンションが爆上がりしそうだぞ。

だってこれ……現代日本で見たやつ！

もしかしてあの悪役令嬢殿《どの》、聖女属性持ちの人なのかい？　髪《かみ》の毛金色ドリルだったのに⁉

「エメリアはその……自分が神様の言葉を聞けるようになったと言っているんです」

「つまり聖女様ってやつですね⁉」

「お、おう。話が早いな、サヤ……」

やったぜ！　私のときめく予感は当たった！　お約束万歳。

思わずガッツポーズする私。ひっそり引く竜騎士二名。

よせやい、引くなよぉ。寂《さび》しいから自分で紅茶足そ。いや本当おいしいわ、筋肉茶。筋肉茶って言うと微妙《びみよう》だな？　よしこの表現は封印《ふういん》指定だ。

でも一息ついて考えたのだが、これって私の知ってるお約束通りに進むとなると、転移者が世界の存亡をかけて悪役令嬢と張り合わないといけないのかい？　追放されましたが、真の聖女は私です！　ってアレかい？

そいつぁちょっと、すっかり異世界イージーモードに慣れきった私には、穏《おだ》やかじゃない話なんだなあ！

「私、竜の声もまともに受信できない人間ですので、真の聖女の座はお譲《ゆず》りしますよ？　あと追放するなら、自分マジ異世界最弱の自信あるので、せめて最低保証はお願いできませんか⁉　という か竜からは離《はな》れないお慈悲《じひ》を！」

「お、おう。追放はないと思うし、竜使を竜から遠ざけるとか、罰当《ばちあ》たりにも程《ほど》があるから、ぜってえありえねえって。心配しなくていいぞ。つかそんなことしたら、たぶん竜騎士《おれら》が血を見るわ。俺がローリントに潰《つぶ》されるわ」

「えっと……サヤさんの世界の常識ではどうなってるかわかりませんが。この世界だと、神様のお告げを聞く人のことを、聖人あるいは聖女と呼ぶんです。サヤさんが真のって表現したということは、そちらの世界では偽物《にせもの》もいるのでしょうか？　こちらの世界では、神殿《しんでん》に行けばすぐ、お告げを実際に受けたかどうかはわかるのですが……」

オーケー、ボーイズ。クールになるわ。

聖女って響《ひび》きから思い浮かべる大体のイメージは合っていたけど、真偽《しんぎ》がすぐにわかるものってことなら、そんな権力闘争《とうそう》ドロドロみたいなことはとりあえずしないでいいと思ってよろしいか。

……でもなあ。私を妙《みょう》に敵視してるエメリア嬢だからなあ。

それで二人もなんか、説明しづれーわって顔してるのかな。

「ところでそのお告げって、未来予知みたいなものです？　洪水《こうずい》が起こるから避難《ひなん》しなさいとか、干ばつが来るからちゃんと備えておきなさいとか。前に言っていた天文協会は、聖人聖女様の集まりなんですか？」

「うーんと、未来の危機回避《かいひ》をメッセージとして受け取る人もいるそうですが、個人差があるらしくて。あと、天文協会の人は一般《いっぱん》人です。彼らは空の様子を見て、計算で予知をするらしいので」

へー。あれかな、コンピューターで計算するようなことを多人数でやるのが天文協会、オカルティックにビビッと受信するのが聖人聖女様みたいな。結果は同じでも、過程が違うのね。

「エメリア嬢ちゃんの場合はなあ。『竜と騎士達を手玉に取る悪女がやって参りますのよ！』ってなあ、本人が――」

「バンデス、無神経ですよ！」

「あ。すまんついそのまま言っちまったわ、気にすんな」

ははは、言っちまったもんはもう引っ込められないししゃーないね！

まあうん。なるほど。それは……まあそりゃ私に向ける視線が微妙なもんになるのも致《いた》し方ないよね！　聖女様に悪女呼ばわりされてるのかあ、そっかあ……。

「えっと……私、基本的には全力でこの異世界に貢献《こうけん》したい所存なのですが、もしかして存在するだけでよろしくなかったりします……？」

「うんにゃ？　訪問者は世界の歪《ゆが》みを正しに来てくれる客人、むしろ存在するだけでいい影響《えいきょう》がある。まあいるだけで周りに影響与《あた》えるって意味なら、そういうのはあるのかもしれねーけどよ」

「あのですね、サヤさん……これはその、僕の推測になるのですが。おそらくエメリアの本当の使命は、サヤさんのフォローをすることだと思うんです」

「え？　でも彼女、私がよろしくないお告げとやらを聞いたせいで、この時期この場所に突撃してきたってことなんですよね」

だって今のところ、私から彼女への印象はともかく、彼女から私への印象ってたぶん最悪のままだろう。それってお告げとやらのせいなんじゃないの？　だとしたら、私に対する悪いお告げが出たんだろうなって考えるのが自然な気がするが、違うのかな。

もじもじするショウくん。茶をつぎ足すバンデス氏。

うむ、ええよ。話の途中でも遠慮せず飲むがいいぞ。考えがまとまるかもしれないしね。私も飲むわ。というかお茶菓子《ちゃがし》をいただくわ。おいしいんだわこれがまた、サクサクとあまじょっぱいクツキーよ……。

「その、サヤさんに対するエメリアの印象って、たぶん団長のことがあるせいで大分偏見《へんけん》が入っていて……おそらく彼女が受けている本来のお告げは、『久々の訪問者に会いに行って助けろ』だと思うんです」

「つーか実際、団長が根気よく聞き出してみたらよ。お告げではサヤを排除《はいじょ》しろとは、神様全く言ってないらしいんだわ。排除したいのは本人の私情なんだよなあ」

あ……あー、そういうことか！

団長さん、全然顔見かけない間はエメリア嬢の相手してたりするんだろうなーってのはわかってた。正直面白《おもしろ》くなかったよね！

でも、エメリア嬢が聖女を名乗り、しかも私が竜や騎士に害をなすと主張するならば、真偽を確かめないわけにはいかないもんね。

それにエメリア嬢は、実際私がやってきたのとほとんど変わらない時期に辺境領に乗り込んできた。実は天文協会からの情報を得ましたとかじゃなく、その神様のお告げとやらで動いた結果の迅《じん》速《そく》な到着《とうちゃく》なのだろう。

まあつまり、エメリア嬢を偽《にせ》聖女と一蹴《いっしゅう》することもできないが、かといってじゃあ私がエメリア嬢の言うような人物にも見えず。ではエメリア嬢の予知内容が何かしら認識齟齬《そご》が出ていると踏《ふ》んで、地道な聞き込み調査を……。

はー。それでかあ。別に若い女の子と楽しんでたわけじゃないんだね。いやまあ、元から全然楽しんでる風情ではなかったけども。

私、蔑《ないがし》ろにされてたわけじゃなくて、慎重に扱われてたんだなあ。そっかあ。

い、いやでもまあたぶん、あの人は竜に対する影響をすべてに優先させただけなのでしょうけどね！

でもなんか、ちょっとだけ気分が軽くなったぞ。うふふ。なんでやねん。自分でもわからん、これだから人間の感情というのは度しがたい――。

「ここに！　いるのでしょう、訪問者！」

そのとき、バアーン！　と勢いよく開く扉《とびら》の音。及《およ》び超《ちょう》聞き覚えのある声。

我々が振り返れば、果たしてそこに！　見事な金髪《きんぱつ》ドリルが！

そういえばあれ天然ものなのかな、セットしてるんならどうやってるんだろ。魔法使ってるのかな。思わず私も自分の髪いじってくるくるしたくなっちゃう。

「見つけましたわっ！　今日こそ貴女の――」

ビシッと私に突《つ》きつけられる指。

うむ。私から彼女への敵対心は、ショウくん（とついでにバンデス氏）からの説明でなおさらなくなっているのだが、これは本当にどうしたもんか――。

「――貴女の真価を見極《みきわ》めてやりますのよ！」

んっ。

これはもしや……ファーストミーティングの時から、流れが変わったのか……？

◇◇◇

真価　とは。

本当の値打ちのことである。まる。

……いやそういう単純な単語の意味じゃなくて、どういう意図が発言に込められているのかが重要なのよな。

というわけで、詰め所の一室の紅茶会メンバーに悪役令嬢エメリア様が加わった。

いや悪役令嬢って勝手に呼んでるのは私だけなんだけども。でもマジで見事な金髪ドリルロールなんだもの。あと言動もそれっぽいのだもの。私の中ではむしろ敬称《けいしょう》よ、悪役令嬢。本物とエンカウントできてる⁉︎　って感動してる。

これはいわば、推《お》しのアイドルと会ったヲタクの心境。まあ私、もっぱら純二次元担当だったんで、現代日本でマジヲタだった頃は推しとエンカウントする機会なんてついぞなかったよね。強いて言うなら、原画展での邂逅《かいこう》……なんか悲しくなってきたからこの辺でやめよう！　陰の者トークは用法用量を守ってしようね。

何にせよ、ヘイトを集めているのが私自身でなければ、マジで問題はないのだ。

で、前は「泥棒猫《どろぼうねこ》」だったけど、今回は「訪問者」に格上げ（?）されている。

これはたぶん好機ぞ。なんで心境に変化あったかは、私特に何かした記憶《きおく》がないからちょっと謎なんだけども。

その辺も語ってくれないかな……バンデスさんの紅茶で。全力の他力本願だけど、私本人が何かするより第三者が介入《かいにゅう》した方がマイナスの刺激《しげき》を与えないかなって意味で、たぶん有効手だと思うのよな。

おお……それにしてもお紅茶を飲む姿、堂に入っていらっしゃる。凛々《りり》しいなあ。美しいなあ。その状態が保てていれば、団長さんの態度ももうちょっと軟化《なんか》……するかは保証できないね。あの人竜がらみ以外の突破口《とっぱこう》、今のところ全然わかんねえからな！

さて、私は余計な着火をしないように黙《だま》っており、他の竜騎士二人はアイコンタクトで「お前がなんとかしろよ」「ええ……？」みたいにモジモジしあっており、エメリア嬢は無言で紅茶をすすっており――。

「お嬢様……！」

という、この気まずい状況を小声で打破せんと試みたのは、エメリア嬢お付きの女騎士さんだった。

あの方は、常識人かつ苦労人っぽい感じしてたんですよね！　今もアシストありがたや。

あとなんで部屋が狭《せま》くなったように思ったのかわかったわ。そりゃ四人席の環境《かんきょう》に五人いるんだもんね、狭くもなるわ。

ちなみに立っているのは女騎士さんである。なんか……すみませんね、そういうポジションに押しのけてしまって……。

さて、お付きの方に促《うなが》されたエメリア嬢はコホンと咳払いし、私をキッと睨みつけてくる。

「その……わ、妾《わたくし》……」

「はい」

「……………うう」

「ファイトです、お嬢様。素直な子はよい子です」

顔を真っ赤にして口ごもるエメリア嬢に、なおも後ろからアシストの囁《ささや》き声。

そういえば、私がエメリア嬢にいまいちそんな悪い印象持たなかったの、この女騎士さんの存在があったからかもなー。拭《ぬぐ》いきれないコント感――いや、本人達は真面目なのだから。

こっそり気を取り直して咳払いしつつ、お嬢様の一言を待つ。

「妾、断じてあなたのことを認めたわけではありませんのよ！」

悪役令嬢の第一投！　ピッチャー投げた！　バッターは……え、これどういう球種？　なんかやっぱり確実に前より歩み寄ってきてくれてそうな気はするんだけど、気持ちよく言葉のキャッチボールを打ち返すには我々の距離感まだ縮められてないような気がするんだよな！

「……ん？　あ、はい」

「お嬢様っ」

「だってだって……確かに、あの恐ろしい竜達に触《ふ》れられたり、おごることなく騎士の皆さんとお仕事していたりとは、見聞きしていますけれども！」

迷った結果、曖昧《あいまい》なリアクションになる私。なんか言いたそうな女騎士さん。そして、エメリア嬢再び。ああ……そういえば彼女、グリンダ嬢の乱入見た時、泡吹いて倒れちゃったんだっけ。しかし……。

「恐ろしい竜達……？」

「恐《こわ》くて当然でしょう⁉　あんなに大きくて牙《きば》と爪《つめ》が鋭《するど》い野獣《やじゅう》ですのに！」

「いやあ……まあそりゃ、質量の差を思い出す時とか、背中に登った後空中を感じる時とか、『フッ私死んだな』って虚無《きょむ》に至る瞬間はありましたが……そういうのって大体は一瞬なので、基本的にはもふもふがメインというか……」

「もふ……もふ……？」

「え……もふもふしてますよね、竜って……？」

我々の間に漂う相互困惑《そうごこんわく》の空気。すっ、と女騎士が手を挙げた。

「訪問者様。僭越《せんえつ》ながらお嬢様の名誉《めいよ》のために申し上げますが、竜を撫でることのできる可愛《かわい》いものとして見られるのは、大分特殊《とくしゅ》な方の人です……この世界の人間の竜に対する標準印象は、伏《ふ》し拝む恐るべき異形《いぎょう》の生物なのです……」

「全生物の頂点に君臨してるからなあ、竜は。それこそサヤがこの前撫で回してた超お偉い竜神様がその気になったら、最先端《さいせんたん》の防衛設備を備えた町だろうが持ちこたえられないだろうよ。俺達竜騎士だって、基本的にはあいつらに向ける感情、すげえ、かっこいいの方だよな」

「さすが竜使《みつかい》になる方はものの見方が違うのだなと思っていました。団長と同レベルのへん――広い心をお持ちなのだなと！」

そして女騎士に続き、竜騎士と見習いがうんうん頷《うなず》きながら、同意やら補足やらしている。

ん？　ところで今、私のこと変態って言いかけなかったかい？

まあいいか。たぶん何かの聞き間違《まちが》いだな。爽《さわ》やかな美少年がさらっとそんな毒吐《は》くなんて、ははは。信じないぞ、私は。いつも向けてくれるキラキラしたお目々の中に、「僕にはできない変人の所業だぁ！」ベクトルの尊敬が入っていたなどと。

しかし、へー。普段《ふだん》竜好きな騎士の皆さん（特に「もふ竜ペロペロ」って目をしてる団長）とかしか接しないから、人間は皆竜をモフモフしたい業《ごう》を背負いし類人猿《るいじんえん》だと思ってたけど、そんな竜好きの皆様《みなさま》とですら、実は越《こ》えられないＨＥＮＴＡＩの素養が存在していますと。団長と私は希少な同類で、そこと一般人の間に越えられない壁があると。

ああ、だから竜騎士の皆さん、「女騎士がいない」とか「嫁《よめ》ができない」とか嘆《なげ》いてたんだね！　竜って可愛いから女子受けも悪くなさそうじゃん？　とか思ってたけど、そら猛獣《もうじゆう》使いとお付き合い果ては結婚《けつこん》しますってなると、大分ハードル上がるね！　ようやく婚活や女子の呼び込みの難を理解できた気がします！

で、そういうわけで、私に対する評価が変わったのか、なるほど……。

いやこれさあ、ってことは、エメリア嬢の私に対するイメージ改善できてないね⁉

泥棒猫呼ばわりできるような相手から、やべー生き物に嬉々《きき》として触れに行くやべー相手に変わっただけっぽいよね⁉

も、もうちょっとこう……歩み寄ろうぜ！　いや私はそれなりに歩み寄ろうとしてる気がするん

だけど、「イヤッ、変態さんだわ！」ってなったら、どうにもならなくねえか⁉

和解を試みねば。竜ともエメリア嬢とも和解せねば。

「えっと……エメリア様……その、竜は基本的に可愛いですよ……？」

「可愛い⁉」

「それともエメリア様は、過去竜に襲《おそ》われたことがあるのですか？」

「ありませんわ！　だって怖くて近づけないのだもの！」

「じゃあきっと食わず嫌《ぎら》いというか、知らないから怖いだけですよ！　近づいてみたら皆可愛い顔してますし、案外大丈夫ですって」

「お口から何もかも浄化《じょうか》できる光線を放てる生き物ですのよ！　可愛い顔とか、そういう問題じゃありませんわ！」

「ええ……まあ確かに、クマさんのやばさを知っていたらクマさん可愛いねえって言えなくなる的なのはわかりますけど、必要以上に怖がる必要もないというか……うーむ、どう伝えたものかな」

「……わかりましたわっ。では、わたくしに竜使としての力をお見せなさい！　このエメリア＝マーガレット＝ヘンフリー、貴女が本当にお告げ通りの人間であるとわかれば、ええ！　私情を挟まず、聖女としての使命を全《まっと》うし、竜使様を全面的に支援《しえん》するとお約束しますとも！」

唸《うな》っていたら強引《ごういん》に話がまとめられた件。なんかわからねえが、とりあえずこの悪役令嬢も、私のゴッドハンドでもふみ尊い勢に引き込めば、全員幸せになるってことだよな！

よっしゃ任せろい！

◇◇◇

さて、我々は今、再び竜舎に戻ってきています。

……これどっかで聞いたことあるフレーズだなって思ったけどあれか、リポーター定型句か。でもなんか今回は豪華《ごうか》ゲスト兼ギャラリーいるし、本当カメラとマイク向けられて実演してくださーいって言われてる気分よな。

エメリア嬢の視線が熱いぜ。だけど随分《ずいぶん》距離が遠いぜ。

「そんな所にいて大丈夫ですかー？　私が何してるか見えなくないですかー？」

「だいじょーぶ！　こっちは問題ねーから、手が必要な時は呼んでくれー！」

このように、口に手を当てて声張り上げる距離感なのである。そして返してくれたのはバンデス氏である。

エメリア嬢は女騎士さんの後ろに隠れるようにしており、その女騎士さんはバンデス氏にくっついている。そんなに怖いかね、竜って……？　いや私が異世界人だから、のほほんとしすぎているだけなのか。

「間近にいられても問題を起こしそうですから、彼らはいったんバンデスに任せましょう。さあ、再開です」

というわけで、私の隣にはショウくんが、アシスタントとして付き添《そ》ってくれるようだ。私は頷き、頬を叩《たた》いてからいつも通りにする。

「はーい、お待たせしました。次の方どうぞー」

「きゅっ」

お、元気なお返事ですね、いいぞぉ。次のお客さんがのしのし歩いてきてリラックスモードになったのを確認《かくにん》してから、レッツ触診《しょくしん》です！

まずは軽く全身チェック。頭の先からしっぽの方まで、すすすーっと手を流して参りまして……こうすることで、全体像を把握し、どの部分を集中的に撫で回すべきかプランを練るのですな。

ふむ、この方は……どうやら一番気にしてるのは、喉《のど》かな。やらかい場所だから優しくなでなでしましょう。

「へい、風邪《かぜ》ですかい、大将？」

「うきゅ」

「そうですか、竜もなかなか大変ですねえ。すっきりなーれ……」

「きゅん……」

近頃《ちかごろ》はこのように話しかけがマイブームだ。

彼らがこちらの言葉を理解していることは確かなのだが、相変わらずリアルタイム返答は適切な翻訳者《ほんやくしゃ》がいないとわからない仕様であるため、会話が成立しているのかは謎だ。でも皆お返事してくれる子が多いから、可愛いんだよなあ……。

よしよし、早速目がとろんとしてきたぞ。これなら順調、順調。

仕事ってさ、午前の部、午後の部一、午後の部二みたいな感じで分割《ぶんかつ》できますよね。九時から十二時、十三時から十五時、あとは定時終わりの十七時まで、的な。今は午後の部二のお時間帯ですね。まったりのんびり、心穏やかに過ごせる時間……。

まあ現代日本で働いてた頃は、金曜のこの時間に限ってＡＳＡＰ案件が舞い込んでくるとか、あるあるネタだったけどね。

二十四時間働けますか⁉　業務内容と報酬《ほうしゅう》と補填《ほてん》がどうなるかによりますかねえ……。

ゆるふわっとした元社畜《しゃちく》トークはさておく。

現代日本の頃は稼《かせ》ぐために仕方なく社会人をやるのじゃ状態だったのですが、異世界来てから仕事のやりがいってものを知りましたよね。というか、仕事場にいつもいて帰りたくないって人の気持ちが今初めて理解できている。

だって竜、本当にいつまでも見てられるし触ってられるもん……私の肉体に限界が来なければ。

異世界補正をかけてもらって健康体になっている今でも、人体の限界からは外れられないのだ。睡《すい》眠《みん》時間を削《けず》れば撫で力も減るし、数をこなせば疲労《ひろう》は覚える。

すまない、竜達……代わりに時間内に質を上げて満足度を向上させる方向に進化を試みているから……。

さて雑念を思い浮かべつつも、手はせっせとももふみを感じて動かし続けている。喉を中心に、お胸周りもふっかふかにして、最後はこりやすい翼《つばさ》から背中周りで、この方はフィニッシュ！

「……はい、あっという間でしたが、お時間終了《しゅうりょう》です。喉の調子よくなりました？」

「きゅん！」

大体の竜は撫で回している間に寝落《ねお》ちするので、終わったら起きてーの意を込めて軽くぽんぽんと叩く。

うん、機嫌《きげん》よさそうなお返事だし、オッケーそうだ！　次はどこをモフらせてくれるかな。翼かな、背中かな――。

……と、竜のもふみに集中していたため、今回は別件もあることを完全に忘れていた私。日が傾《かたむ》いてきて、ラスト一匹《ぴき》を気持ちよく送り出した後でふと顔を上げ、「そうだわ私今回審査《しんさ》されてた感じのあれだったんだわ」と思い出す。

エメリア嬢はなんというか……私のことを不思議な目で見ていた。少なくとも侮蔑《ぶべつ》の目ではないけど、親しみこもってる感じでもないね！　なんか竜に向けてた目と似てる種類の視線だね！

「信じられませんわ……触れるどころか、竜をあのように手玉に取るなんて……これが竜使の力ですの……？」

「いや手玉に取るて。単に寝かせてるだけです」

「何が違いますの⁉」

「んー。あの子達がこっちの言うこと聞いてくれるのは、その方が自分たちが気持ちよくなれるからって理解しているからであって。私が彼らを支配してるってのは、全然違いますよ」

困惑のご様子のエメリア嬢、ついでに女騎士さんもいまいち響いてなさそうな顔。

一方、うんうんとめっちゃ頷いてくれている、バンデス氏とショウくん。

むむむ……なかなか埋《う》まらねえなあ、溝《みぞ》！　どうしたらもっと竜のこと身近で好きなものってカテゴライズに認識してもらえるだろう？

私がぐぬぬとうなりつつ頭を悩ませていると——この気配は、聞き覚えのあるもの！　もはや羽音だけで誰なのかわかるようになってきた、あのお方！

「グリンダさ——」

アポなし突撃に定評のあるお嬢さんが、また気分屋を発揮したという私の予想は当たっていた。

グリンダ嬢は、来たいと思った時に来る。今のところ真夜中突撃は未経験だが、閉店後に「大将、まだやってるよなあ⁉」って店のドアガラッとするぐらいは全然ありえることだ。

ただ、今回の彼女の登場で、一つだけ予想外だったことがある。

「だ……団長ー⁉」

「なんでそんなことに⁉」

私の代わりに絶叫《ぜっきょう》してくれてありがとうございます、竜騎士各位。

いや普段は颯爽《さっそう》と背中に乗ってるのに、口からぶら下げられての登場て。何がどうしてそうなった⁉

舞い降りたグリンダ嬢は、ぺっと地表に団長を吐き出した。

彼女は美形揃《ぞろ》いの竜の中でもとびきりの美人で、普段は目の保養である。が、美女が怒《おこ》るととんでもねえ迫力《はくりょく》になるのは、どうやら竜でも同じことらしい。

常ならば麗《うるわ》しく凜々しいご尊顔を憤怒《ふんぬ》に歪ませ、かつてないほど全身の毛を逆立たせ、翼を大き

く威嚇《いかく》するかのように広げた彼女は、

「きゅきゅきゅーきゅきゅきゅーきゅきゅきゅきゅきゅーきゅーきゅー！」

……このように、ものすごい勢いで何かを団長にまくし立てている。

内容はまるでわからないけど、どう考えても絶対何かめちゃくちゃ怒ってるやつ。

「これはまずいですよ、彼女、本気で怒ってます」

「あそこまで激しいのは久々……いや初めてじゃねえか……？」

ひええ……漏《も》れ聞こえる事情通竜騎士の皆さんの会話で余計背筋が凍《こお》る。横で見てるだけでも怖いのに、あんな激おこ模様、直接向けられたら私だってワンチャン失神ありそう。

……はうっ！　失神と言えば！

はっと振り返ったら、エメリア嬢と女騎士さんは互いにひしと抱《だ》き合っている。

全然動かないから、もしかしたらあれは目を開けたまま気絶してるってやつかもしれないけど、とりあえず大騒ぎしないのであれば、ヨシ！　女性の甲高《かんだか》い悲鳴とか聞いたら、グリンダ嬢、ますます火に油になりそうな御仁《ごじん》だからね。

再び団長さん達の方に視線を戻せば、グリンダ嬢は大きく腕《うで》を振りかぶ——振りかぶる⁉　そのフォームはものすごくまずくない⁉

しかしこの後何が起こるか予測できたとて、止める間もなければ手段もなく。

バシーン！

「「だ、団長ー‼」」

我々ギャラリーの悲鳴が一致《いっち》団結する。いやこういうのは一致団結とは言わないんちゃうか。とにかく全員が悲鳴を上げて、その悲鳴が綺麗《きれい》にハモったのだ。

ひっぱたかれた団長は綺麗な放物線を描《えが》き——ちゃんと綺麗に受け身を取って、着地はした！　良かった！　いや良かったのか⁉　少なくともべしゃって潰れて動かないよりは、絶対にいいはずだな！

ただ問題点もある。団長さんが落ちてきた場所、私の目の前なんだよね。

これは……もしかしなくてもグリンダ嬢、私に向かって団長さんを投げました？

あったぶんそうだ、なんかわからんけどグリンダ嬢が私に向かって「やってやったんだぜ」って誇《ほこ》らしげに胸を張っている気がする！

そのポーズだとお胸のもふみがよりふわっふわですごいね！　この修羅場《しゅらば》がなんとかなったら触らせてね！　ちくしょー！

興奮と混乱で情緒《じょうちょ》が乱れている。この混沌《こんとん》の中に急に放置される感じ、もはや異世界恒例《こうれい》行事と化してきて、だんだん慣れつつある自分が怖いぞぉ。

「えっと……あの、大丈夫、ですか……？」

さて、最近ちょっと微妙な距離感の仲であったとしても、我々人類よりサイズがでかい竜のパンチ食らって吹っ飛んだことを心配しない理由とはなるまい。恐る恐る声をかければ、団長さんは緩《ゆる》やかに頭を振り、じっと私を見る。

思わずごくっと飲み込む生唾《なまつば》。しんと静まりかえる辺り。

「……サヤ」

「は、はい」

「すまなかった」

そしてしばしの沈黙《ちんもく》を挟んでから放たれた言葉は、私への謝罪だった。

一瞬思考も挙動もフリーズする。が、さっきも言ったがだんだんドッキリにも慣れつつある私であるからして、すぐに一時停止は解除される。

「………。えーと……とりあえず、お怪我《けが》はないでしょうか？」

「ああ、問題ない。もっと空中から叩き落とされたこともある。この程度は手加減されている方だ」

ひとまずグリンダ嬢の一撃は大丈夫の範疇《はんちゅう》だったらしいが、怖《こわ》。怒った竜こっわ。これは確かに猛獣ですわ。

というか空中から叩き落とされるって、何したらそんなんなるのってのも気になるけど、別に大したことありませんが何か的な口調で淡々《たんたん》としゃべってるのも怖いわ。

しかし私も訪問者兼竜使の称号《しょうごう》をいただいた女、もうこれぐらいではひるまないぞ。安否確認ができたら、咳払いさせていただき、団長さんが始めようとした議題に戻ろう。

「その……今のは、何に対しての謝罪でしょうか？」

団長さんはゆっくり深呼吸した。

「ここ最近、きみに対して冷淡《れいたん》だったことだ」

「……んーと。自覚がおありで……？」

「いや……恥《は》ずかしながら、グリンダに指摘《してき》されてようやく思い至った」

「シャー！」

団長さん及び私が話の流れで自然と視線を向けた先、再び構えて唸るグリンダ嬢。あの翼を広げて脚《あし》を上げる感じ、ちょっと荒《あら》ぶる鷹《たか》のポーズに似てるな……いやこの場合本気で怒ってる案件だろうから、うっかり吹き出したりしたら今度は私がどつかれそうですけども。

特殊な訓練を受けていそうな団長さんはともかく、ちょっとハンドパワーがあるだけの私があのパンチ食らったら普通に重傷不可避《ふかひ》。

「私は、その……竜使となったきみは我々のようなただの竜騎士とは違うのだから、扱いもそのようにすべきだと思って、そうしたつもりだった。だが、グリンダから指摘された。最近の私の態度はサヤに対して不誠実だと。……それでようやく気がついた。私がきみに嫉妬《しっと》していたことに」

――なんとも言えない気分、というのがたぶん今の心境に一番ふさわしい。

そらそうだよね、と理性的に思う部分と、なんでや私悪いことしてないやろ！　って感じる部分と。

「サヤ。きみは何も悪いことをしていない。急に異世界に連れてこられて、祭り上げられて、竜使にまでなった。きみは竜が好きそうだから竜使になったことをさほど苦とは思わないだろうが、それでも自分の本意とは異なる契約《けいやく》を勝手に結ばれたことは事実。なのに私は……私が焦《こ》がれても手に入れられなかったものをあっさり手にしたきみに、嫉妬した。だから遠ざけて、よそよそしくなった」

でもそれと同時に、たぶんこれは——感動だ。グリンダ嬢が私のことを気遣《きづか》って団長さんに言ってくれたことにも、団長さんが自分の嫌《いや》な気持ちに気がついて、こうして口にしてくれていることにも、私は感動している。

だって自分が誰かに向けた負の感情を認めるのって、すっごく嫌なことだもん。

「……許してほしいとは言わない。ただ、以前と同じようにきみに公正に接し、異世界での生活を全面的に支援したいと思う」

言葉が途《と》切《ぎ》れる気配に、ふう、と私は息を吐き出した。ずっと胸に溜《た》めていた気持ちごと吐き出すように。

「その気持ちになることは仕方ないと思います。私だって、欲しかったものを横からかっさらわれた気分になったら面白《おもしろ》くないですもん。ただ……ただ……」

「ただ？」

「その……尊敬する団長さんに嫌われてるのかなって状態は……」

だんだん尻《しり》すぼみになっていって、最後の方は思わず消え入るよう。

独り言なら得意だけど、人に気持ちを伝えるのって苦手だ。こっちが真剣《しんけん》でも、相手も同じぐらいだとは限らない。それはしょうがないことだけど、でも私はできるだけ傷つきたくはない。何度も傷ついても大丈夫なほど、自分が強くないと知っている。

だから普段の対人関係は、笑顔《えがお》で丸め込んでヘラヘラして、それで済まなそうな話題には極力近寄らない。それが現代日本での私。たぶん私を蛇蝎《だかつ》のごとく嫌ってる人はそういなかったけど、本当の意味で好きになってくれる人もいなかったんじゃないかな。

正直、日本の私だったら、ここはへらっと笑って謝罪を受け入れて、それで終わりだった気がする。

でも、こんな風にまっすぐぶつかってきてくれた人にごまかしスマイルで返すのは……なんか、嫌だな。だから。

「……大分、しんどかったです」

ちょっとだけ頑張《がんば》ってみる。自分が傷ついたって認めるのって、結構嫌なことだ。でも、傷ついてないって嘘をついたら、傷は余計深くなる。

大丈夫。これはちゃんと治る怪我だって思えること。それが一番、自分を大事にするってこと。

「傷つけて、すまなかった」

「謝罪を受け入れます。私も……意図せぬことだったとはいえ、あなたを傷つけたことを、許してもらえますか……?」

「もちろんだ。それ以上に、きみは竜を幸せにしてくれているんだから」

思わず吹き出してしまった。結局竜か！　本当にぶれないなあ、この人。

――でもなんか、そういうところがいいんだよなあ。

私、浮気性《うわきしよう》より一途《いちず》な男の方が、解釈《かいしやく》一致できますから。

……と、ほっとした空気の中、きゅーきゅーきゅーきゅーきゅー聞こえてくる主張の激しい声。

振り返れば、グリンダ嬢がむっふーと胸を膨《ふく》らませ（いや鳩胸《はとむね》よろしくそんなにもっふもふに膨

らむんだ、そこ⁉)、話がまとまったなら次にやることは決まっているよなあ⁉　という期待に満ちた顔をしていらっしゃる。

私はまた団長氏と顔を合わせ、笑い合ってから、よしっと腕まくりをした。

「……さて、それでは。ご心配及びお手数おかけしてしまったグリンダ嬢、たっぷりお礼をさせていただきます！」


閉店営業後の活動なので時間外労働ではあるのだが、かつてないほどの手応《てごた》えに溢《あふ》れるモフり業である。

今回の圧倒《あっとう》的功労者であらせられるグリンダ嬢に心からの敬意を。指先から伝われ、感謝のハンドパワー。

そーれもっふもふ、もふもふもふもふ、もふもふもふ……。

「ぎゅ」

しまったんだぜ、さすがにお胸のふかふかをふかふかしすぎたようなんだぜ。濁点《だくてん》交じりの「きゅ」は「オメーわかってんだろうなそのぐらいにしておけよ」の意だからね！　団長さん仲直り記念で浮かれすぎていたんだぜ。いくらこの胸毛《むなげ》のもふもふが極上《ごくじょう》だからって、竜パンチは避《よ》けねばならないんだぜ。

「……うきゅ」

お背中に登るのにももう大分慣れてきたもの。グリンダ嬢の毛は元々綺麗だけど、撫でれば撫でるほど輝《かがや》きを増すので一際《ひときわ》やりがいがある。うとうとし始めた気配にほっこりしつつ、今日も今日とて彼女の体を整えていく。

ああ、それにしても個人的懸案《けんあん》事項だった団長さんとの確執《かくしつ》が解決できて、本当によかった。結局、あちらもこちらに対してモヤモヤしてたけど、何かわかってなくて、それでとりあえず避けてたってことなんだもんね。

でも、私が竜に対して害意なんて全然なくて、もふもふ業が心から楽しくて、より人にも竜にもよくなる未来を目指した改善なんかも試みていて……たぶんそういうあれこれを見てくれたから、彼も思い直してくれたんだ。

きっかけはグリンダ嬢がくれたのだとしても、私がだらんだらんと部屋にこもっていたらまた違った結果になっていた気がする。

はー……本当に楽しいなあ、異世界生活。

現代日本では、なんとなく死にはしないけど、私がいてもいなくても、世界なんて何一つ変わらないんだろうなって諦念《ていねん》があって。

まあこっちでも、私がいようがいなかろうが、世界は回っていくだろうけど。

それでも自分で考えて頑張ってみたことに、ポジティブな結果が返ってくるのって……やっぱりめちゃくちゃ嬉しい。

優しい風が吹いて、手を動かしながらも顔を上げてみる。

ああ、本日は格別、この竜の背中からの景色が美しく見えますね。ちょうど暮れなずむ黄昏《たそがれ》時、赤みがかった空に星が出始めて――。

「………」

「うきゅん？」

「あ、すみません」

思わず一瞬手が止まり、そのためまどろんでいたグリンダ嬢が不思議そうに声を上げた。私は慌《あわ》ててもふもふ作業に戻る。つとめて平静を装《よそお》い、もちろんハンドパワーでグリンダ嬢を解きほぐすことに手を緩めはしないが、心臓がばっくんばっくんいっていた。

「……サヤ？　その辺りにしないか？」

目の前の毛並みと真剣に向き合い続けていたところ、投げかけられる穏やかな言葉。

団長さんの声に気がつけば――暗っ！　辺り暗っ⁉　私めちゃくちゃ集中してモフってたんだな！

「はーい、グリンダちゃ……いえグリンダ様、今日はこれでコース終了でーす……」

「ふきゅー」

声をかけつつトントントン、と肩の辺りを叩くと、グリンダ嬢はあくびをしている。降りる時は団長さんが手を貸してくださった。速《すみ》やかに退避《たいひ》すると、グリンダ嬢は気持ちよさそうに伸《の》びをしていらっしゃる。

うむ、よかった、お仕事をなさった方が満足してくださる仕上がり具合にできたようで。

「サヤ、長時間ご苦労だった」

「いえいえ、グリンダちゃんにはお世話になりましたから、これぐらいは」

「……たまには嫌と言ってもいいんだぞ？」

「いやあ、ははは……」

団長さんを吹っ飛ばす竜パンチを見た後での強気な態度は、ちょっと武力クソ雑魚な私にはできないかなあ。え、そんな生物にモフモフするのは怖くないのかって？　うーんもふもふは……もふもふだし……？

「それにしてもすっかり夜になってしまって……すみません、お忙しいのにこんな時間までお付き合いいただきまして」

「いや。これが私の仕事だ。それに――」

団長さんの言葉が途切れる。

竜舎から城の中に戻ろうとする途上、私たちを待ち構えるように立っている人影《ひとかげ》があった。

最初はいつものバンデスさんとショウくんかなと思ったけど、どうやら違う。彼らはこの時間だし、私の面倒見は居残りの団長さんに任せ、他の業務に旅立ったようだ。

で、なんとものすごく意外なことに、我々を出迎《でむか》えたのは悪役令嬢エメリア様（ｗｉｔｈお供の女騎士さん）だったのだ！

これはもしや、気絶していて今起きたとか……いや、そうじゃないみたい。

今までと雰囲気が違うな？

凛《りん》とした表情のご令嬢は、綺麗で優雅《ゆうが》な礼を――礼？　頭を下げただとぅ⁉

「サヤ様、今までの数々のご無礼をお許しください。貴女はまごうことなき異界からの使者、竜の守護者にして加護を与えし奇跡《きせき》のお方。今更《いまさら》妾が側《そば》に控《ひか》えることは不快やもしれませんが、お約束通り、この先は竜使様に心よりお仕えすることを誓《ちか》います」

両手を胸に当て、厳《おごそ》かにおっしゃる。お、おおう……そうやって話すと威厳《いげん》がありますね……。

どうやら団長さんに引き続き、エメリア様とも関係改善できたのかな？　ちょっとまだこちらは実感がないのだけども。

距離感がつかめていないので、探《さぐ》り探り返してみる。

「えぇっと……と、特に何もしてはいないのですが、とりあえず敵意をなくしていただけたのなら――」

「謙遜《けんそん》は時に卑屈《ひくつ》になりますのよ、およしになって！　何もしていない？　人には制御《せいぎょ》不能、ひとたび怒《いか》りを買えば収まるまで待つしかない竜を、貴女は見事になだめられたのですよ⁉」

「はあ……どうも」

「妾には恐ろしさしかない彼らが、あのように心を許して……それなのにあなたがそんなだから、妾だって勘違《かんちが》いするのではありませんか！」

「いやあ……？」

「もっと！　しゃきっと！　なさって‼　間の抜《ぬ》けた返事をしてはなりません‼」

「ええ……？　あ、はい。えっと、すみません」

「謝《あやま》らないっ‼」

「お嬢様、どうどう」

「まあ……サヤは基本的に、自分のすることに自覚がないタイプのようだからな。そうなる気持ちは少しわかる」

あれぇ、なんでここに来てエメリア嬢と団長さんで見解一致みたいな空気になっているのかな⁉

いやだって私マジで何もしてな――。

「サヤ。機嫌の悪いグリンダに即触った上に寝落ちまで持っていける行為《こうい》のことを、何もしていないとは言わない。覚えておくように」

「あ、はい」

若干まだ釈然《しゃくぜん》としてはいないけど、団長氏に神妙《しんみょう》に諭《さと》されたらそうですねとしか返せない件。

ま、まあ……どうであれ、私に対してわだかまりを持っていた人が、私が竜をモフっている姿を見て見直してくれたなら、それでいっか！

「ところでサヤ。先ほどグリンダの上で何か考え事というか、気がついたような顔をしていたように見えたが」

「あっ！　それがですね団長さん、実は――」

◇◇◇

さて、人間関係のゴタゴタもあらかた片付き、ここのところの私の異世界生活はうなぎ登り、絶好調だ。

しかし私はまだ貪欲《どんよく》に、この上を目指してみたいと思う。なにしろイージーモードハッピー異世界だが、一つ重大な問題が未だ克服《こくふく》されずに残っていたではないか。

本日は晴天なり。青空にほどよく雲が散らばって良い日より。

そんな絶好のお天気の下、我々は集《つど》い、万全《ばんぜん》の準備で事に臨《のぞ》んでいる。この一大プロジェクトにあたって、イツメンが全面的に協力してくださったことは、言うまでもない。

「本当に大丈夫なんですか……？」

こういうとき一番心配そうな顔をするのは、いつも通りショウくんだ。

見習いの彼は竜に乗ることまではできるが、未だ専属竜はおらず、飛ぶ時は先輩《せんぱい》の監督《かんとく》必至。今の私に一番近い境遇《きょうぐう》と言える。

「大丈夫ですって！　だってショウくんも平気で飛んでますでしょう？」

「それはそうですけど、僕は万が一があってもまあ、一応替《か》えがきく人間ですし……」

さらっと怖いことを言うな、美少年。いや、空飛ぶんだからそのぐらいの覚悟《かくご》は決めないとってことなのかもしれないけども、私のこと心配してくれてるのはわかるけども、出発前になって不安にさせるようなこと言うなよう！

「まー墜落《ついらく》事故はそんな珍しいことでもないが、ここ最近は負傷止まりで死者も出てないし、大丈夫だろ」

「僕、知ってますからね。あなた、見習いの頃にちょっと調子乗って落っこちて、治癒《ちゆ》魔法をもってしても全治一月《ひとつき》案件になったことがあるって、知ってるんですからね」

「生きて帰ってきただろー？　おかげさまで後遺症《こういしょう》もねーし、へーきへーき。まあ、腹にでけー傷は残ってるけどな、ガハハ！」

「サヤさんは刺《さ》されても死にそうにない筋肉ダルマとは違うんですよ⁉」

「俺をなんだと思ってるんだショウ、急所刺されたら無理だって」

耳に指を突っ込んで雑な語りをするバンデスさんと、くってかかるショウくん。

ははは、いつも通りの掛《か》け合いを見せてくれるのはこちらも良い感じに肩の力が抜けるのですけれども、全治一月、腹に名誉（？）の負傷のくだりは、今初めて聞きましたよ。

いや過去の事故事例は耳にしたけども、あれ本人の体験談だったんかい！

「サヤ様、妾も胸が苦しくなってきました。今からでも中止に……」

心配そうなうるうる目をしてくれるのは、悪役令嬢あらため聖女エメリア様。後ろで護衛の女騎士ティルダ様もうんうん同意している。

「いやでも、エメリア様に首飾《くびかざ》りもご用意していただきましたし」

「もちろん妾、制作に当たって心を込めましたけど！　でも、絶対とは言えませんし、その、本当に妾に身をお任せいただいてよろしいのかと……」

「大丈夫ですって！　魔法素人《しろうと》の私はともかく、竜騎士各位からこいつぁすげぇって評価いただいている特注品ですよ⁉」

竜騎士の皆さんは全員、落下事故対策のため、浮遊《ふゆう》魔法やら衝撃耐久《しょうげきたいきゅう》魔法やらがセットされたアクセサリーを身につける。

で、私の分は、エメリア様が心を込めて作ってくれた首飾りというわけなのだ。

何しろ神様お墨付《すみつ》きのご加護であるからして、ありがたみがパない。というか実際、えげつないほど色々込められているらしい。

「うわあ、すっごい……これつけてるなら、竜のパンチもそんなに怖くないかもしれないですよ」

と、ショウくんが言っていたくらいだ。

うん、振り返ってみたら、安全なんだかそうでもないんだか、微妙なコメントだな！

まあとにかく、物理耐久魔法耐久その他あれこれ、ありったけ備えてくれたことには違いないらしい。

「ほら、それにつかまる場所だって案内していただけるわけですし、エメリア様のお祈《いの》りだって超《ちょう》絶《ぜつ》万全なわけですし――」

「加えて私が同乗する。竜の飛行である以上、確実に安全とまでは言い切れないが、これ以上ないほどの好条件ではあると思うが？」

そう。普通の見習いなら、先輩のフォローがあっても結局自力でまたがらねばならぬのだが、今回の私は頼《たよ》れる補助がついていらっしゃる。

団長さんと相乗りだよ、わーい！

それはそれで別の問題が発生するんじゃないのか大丈夫かって？

これがねえ、エメリア様が首飾りに気持ちを鎮静《ちんせい》する魔法まで付与《ふよ》してくださったからねえ！　今日の私は文字通り無敵なのだなあ！

そして私がいくら大丈夫と言ってもうるうるお目々だったエメリア様が、団長の言葉にはしずしずと従う件。

女騎士ティルダ様も「団長があそこまでおっしゃるのであれば」とか言っている件。

君らあれだね、後でちょっとお話ししようか！　エメリア嬢の団長との因縁の件とか、うやむやになった感あるけど、ちょっと巻き込まれた当事者的には、詳《くわ》しい話聞く権利あると思うしな！　地上に帰ったら覚えておきなさいよ！

「問題ない。サヤのすべての不測の事態に対処しよう。背中からずり落ちそうになっても気絶しても狂乱《きょうらん》しても吐いても私がなんとかする」

「団長。違う。いやその辺も大事ではあるんだろうが、そこじゃねえ」

それにまあ、団長氏はね！　こういうところがあるからね！

——というわけで。

これが私が克服せねばならなかった異世界の残件、ドラゴンライド挑戦《ちょうせん》！　なのだ！

何しろ初日をグロッキーで染めてしまった黒歴史の思い出だからね。

竜ぞ？　異世界ぞ？

撫でるだけで乗って飛べないとか、ありえちゃいけませんぞ？

でもまあ高所恐怖症《きょうふしょう》はそう簡単に克服できるもんでもなし——そう思っていた時代が、私にもありました。

つい先日、グリンダ嬢の背中でようやく思い出せたことがある。

巨《きょ》もふ様がくださった加護とやらで竜使になった私だが、そもそも厚かましくも特典くれって言ったのも、実は私だったのだ。

『そうそう、客人殿。倅《せがれ》がこれからも世話になるし、我も心地よくしてもらった。なんぞ望むことはあるかえ。可能であれば助力しよう』

『あのう……！　それじゃ、高所恐怖症をなんとかしていただくことって、できますでしょうか。私、空飛んでみたいんです……！』

『――その程度ならばお安いご用よ』

……なーんで忘れていたのかなあ？　こんな大事なことをな！

ただ、どうも聞いたところによると、巨もふ様は異世界のＶＩＰゆえ、安全機構みたいのが働くことがあるらしい。

実際、私は巨もふ様と話したことと大まかな内容は思い出せたが、彼女の真名については、もやがかかったままだ。でも「私が必要になったら」ちゃんと思い出せるようになっているらしい。

まあ……真名って拘束力《こうそく》発生するらしいし、うっかり間違って唱える心配をせずに済むなら、その方が私としても願ったり叶《かな》ったりですんで、ハイ……。

ともあれ、「たぶん今なら高所、行ける！」となった私は、早速団長さんはじめ竜騎士の皆さんに協力を仰《あお》ぎ、そして今日を迎《むか》えているというわけなのである。

乗るのは勿論《もちろん》、我らがグリンダ嬢！　しかもこの前のサービス残業もふもふ分により、気前よく飛んでくださるとのこと。ありがてえ……実はあの後がっつり筋肉痛になったのよね……残業した甲斐《かい》があったね……！

「よし、サヤ。行けそうか？」

「はい！」

皆に手伝ってもらって乗っけてもらい、団長さんが後ろに座《すわ》り、見送りの皆さん達が安全な場まで退避する。私はぎゅっと目を閉じ、「ここをしっかりつかんでおいてね」と言われた部分をぎゅっと握《にぎ》りしめる。

最後にグリンダ嬢が、「ちゃんと乗れた？」と背中の我々に一瞥《いちべつ》よこしてから、いよいよ翼にぐぐっと力を込める。

そして——。

助走の駆け足から、ぐん、と後脚で地を蹴《け》る衝撃。飛翔《ひしょう》。翼がはためく度に伝わってくる力強い動き。どんどん上昇《じょうしょう》していく。上へ、上へ、上へ——。

「……いいぞ、サヤ。目を開けてみてくれ」

ある程度上昇したところで、見計らったように団長さんが声をかけてくれた。

私は深呼吸してから、ゆっくりと目を開き——。

眼下に世界が広がっている。知っている人達が私を見上げている。手を振ったのはバンデスさんだろうか？　背後の身じろぎで、団長さんがジェスチャーで応じたらしいことがわかる。

私も、片手は相変わらず握りしめたまま、けれどもう片方をゆっくりと離し——。

地表に向かって、手を振った。

最初は控えめに。それからしっかりと。

歓声《かんせい》が聞こえる。表情はちょっと遠いからあまりしっかりとはわからないけど、皆笑ってるみたいだ。

「サヤ、つかまり直して。もっと高いところに行こう」

団長さんの声。たぶんエメリア様がくれた鎮静魔法の作用だけじゃなくて、この人の声って人を落ち着かせる効用があると思う。

私の準備ができたのを見計らってから、竜騎士最高のコンビは更《さら》に高い場所まで連れて行ってくれる。

ぐんぐんと高度を上げて、次第《しだい》に視界がけぶる一面の白に閉《と》ざされて――。

私たちは雲の上に出た。青と白がどこまでも続く、美しい世界に。

「………」

「気分はどうだ？　気持ち悪くなってないか？」

「大丈夫です。だって……」

私はぐるりと周囲を見渡《みわた》す。

現代日本にいた頃、テレビの映像とかで見たことはあったかもしれない。

だけど今私は、生身でこの夢の世界にお邪魔している。

「良かった。竜使なのに竜の見る世界を知らないままでいるのは、残念だと思っていたからな」

団長さんの穏やかな声に、じんわりと胸が温かくなる。彼はその後はしゃべらなかった。私がこの時間をたっぷり堪能《たんのう》しようとしているのがわかって、邪魔をしないでくれているかのようだった。

空気が澄《す》んでいて気持ちいい。竜の背中はもっふもふのふかふかだけど、顔に感じる風はほどよく涼《すず》しい。首飾りのおかげもあるだろうか？

「――良かったなあ。ここに来られて」

感嘆《かんたん》だ。心が打ち震《ふる》える体験。

私は振り返り、背の団長さんに声をかけた。

「ありがとうございます、アーロンさん。連れてきていただいて」

「これから何度でも来られる」

そうか……そっか。それは、悪くない――いや、とてもいいことだな。

異世界ライフ、万歳。

エピローグ　元・お疲《つか》れアラサーは異世界で元気にモフモフしてます！

拝啓《はいけい》、日本のお父さん、お母さん。お元気でお過ごしでしょうか。

私は本日も、異世界で竜《りゅう》をモフモフしています。

「うぎゅん」

おっと、力加減が弱いとのことらしい。じゃあちょっと本気出しちゃおうかな！　今まで指で押《お》していた所を、いざ尋常《じんじょう》に――食《く》らえ、肘《ひじ》押しじゃあ！

「うきゅ～♥」

するとたちどころに竜が溶《と》ける溶ける……。

ふふふ、異世界来たばかりで撫《な》でるしか芸のなかった私ではこの強圧オプションはできなかったのだが、今の私はひと味違《ちが》うのじゃよ。ここじゃろここ。うりうりうり。

もちろん、ソフトタッチご希望のお客様にはちゃんとそのように対応いたしますとも。このもふ様はどうやらお腰《こし》周りを重点的にやってほしいお方の模様。ふむ、ではいったん降りて……。

「ショウくん、あれをください」

「あれですね……はい！」

というわけでアシスタントから受け取りたるは、新兵器！　特別製ドラゴン用孫の手なりー！

「やっぱりどう見てもデッキブラシなんだよなあ」

「ちょっと、気分盛り下がること言わないでくださいませんか⁉　特別製の孫の手って言ってるでしょ！」

「はいはい」

バンデスさんの茶々入れに憤慨《ふんがい》すると、奴《やつ》は笑いながら姿を消した。しょうがないじゃん、竜の皆《みな》さんおっきーんだもん！　とりあえず実用性先行で作った試作品なんだよ！　この後デザインはたぶんなんとかするんだよ！　あとおじさんはちゃんと竜舎《りゅうしゃ》の清掃《せいそう》に励《はげ》んでなさい！

なんであれ、これでごしごしこすってあげると竜は「そうそうそれそれ」って顔になるから正解なのだ。まあただ、これだけだと毛並みがあんまり綺麗《きれい》な感じに仕上がらないので、最終的には私の手でやはりならしていくんですけどね。

「サヤ！」

お、ブラシがけも終わってちょうど手で綺麗なもふもふを作り終えた頃《ころ》、ランチのお声がけが。

はーい終わったよー、とぽんぽん叩《たた》いてあげれば、竜は大きなあくびをして去って行った。

うむ、私もお昼休憩《きゅうけい》に入ろう。

「サヤ様、今日はサンドイッチだけではないですよ」

「妾《わたくし》も手伝いましたのよ！」

「そうですね、お嬢《じょう》様は並べるところだけ頑張《がんば》りましたね……」

マイアさんだけだった女性陣《じん》も、こうやって並ぶと随分華《ずいぶんはな》やかだ。

まあイケメン祭りはそれはそれで眼福だけど、やっぱり美少女と美女が並ぶのも……いいね。清《せい》涼剤《りょうざい》。エメリア嬢は外作業用の簡素な装備となっているが、縦ロールポニテがとても素敵《すてき》。

「サヤ、今日も励んでいるな」

「アーロンさん！」

お、今日は団長さんもご一緒《いっしょ》の日だ！　団長は忙《いそが》しいけれど、仲直りして以来積極的に一緒にいる時間を取ってくれる。私もなんか、変な遠慮《えんりょ》をするのはやめにした。

まあだって、嬉《うれ》しいんだもんな、結局。一緒にいて、彼《かれ》が私のこと気にかけてくれると。

……す、少なくとも嫌《きら》われてはないと思うんだよ……？　まあ、その、別にだからどうしようってわけでもないんだけど。友達《ともだち》以上――そこから積極的に進みたいって程《ほど》じゃないけど、ほんの少ーしだけ夢見るぐらいいなら。日々に張り合いが出るし、いいじゃない？

「無理はしていないか？」

「そちらこそ、またオーバーワークしていませんか？　この後、ちょっと見てみましょうか」

「休憩時間なんだろう？　休んでくれ」

「休憩時間ですから、好きなことをしますとも」

――お父さん、お母さん。これが異世界における平和ながら充実《じゅうじつ》した日々です。時々疲労《ひろう》を感じることもあるけど、なんていうかな……ただの徒労感じゃなくて、労働の喜びの重み的な？

まあ、そんなこんなを、一言でまとめると。

もふもふと美男子と美女に囲まれて、とっても幸せー！

番外編　お疲《つか》れアラサー、すわ初デートなるか!?

どうもです。皆様《みなさま》。

　改めまして、夜、コンビまで歩いて行き、マンホールに落ちたと思ったら異世界に飛ばされ、なんやかやあって竜《りゅう》をモフり回す係になったお疲れアラサーこと私、石井沙耶《いしいさや》でございます。

　さて、いくらかのゴタゴタ（悪役令嬢《れいじょう》エメリア嬢との心温まる交流とか、赤様とか、巨《きょ》もふ様とか、飛行イベントクリアとか……）を乗り越《こ》えた私には、恐《おそ》れるものなど何もございません。憂《うれ》いもなくなった日常をのほほんと堪能《たんのう》しております。

　また、異世界では労働環境《かんきょう》が劇的に改善されたり（自分のペースで好きなことをするのが仕事になるのって、すげー）、偉大《いだい》なる回復魔法《まほう》様に肉体の問題を解決していただいたりで、お疲れ要素も大分抜《ぬ》けて参りました。

　特にスキンケアしてないのに、肌《はだ》がかつてないほどつややかなのがわかる。たまに竜にお礼でペロペロされているためでしょうか。ペロられると若返るとか、それなんてWin－Win関係？　マジでこの異世界、基本設定が私に優《やさ》しい。

　私も竜を愛情込《こ》めてペロペロしたい。でもさすがに絵面《えづら》が人としてアウト。あと、私が竜を舐《な》めても、竜が私を舐めた時みたいな効果は得られないんだろうなって想像もつく。

　理性はまだ生きているか？　生きています。点呼ヨシ！

そんなこんなで、絶好調です。もはや私に残されたアイデンティティはアラサーのみと言っても過言ではない。いやこれはもう、リア充《じゆう》アラサーと言っても良い。何ならさっきも言ったけど肌のつやとか明らかに若返っているから、アラサーではなくアラ二十歳《はたち》とまで言っても許されるのではなかろうか。

リア充アラ二十歳。つまり人生の勝ち組だな。ふーははははは、棚《たな》ぼたって言葉は素晴《すば》らしいよね、異世界に来てすべてのマイナス属性が消えた私、完・全・勝・利ですぅ――‼

……とか、ええ。正直に白状しますね。ちょっと調子に乗ってたんです。はい。

しょうがないじゃない。毎日楽しいんだし、この上空まで飛べちゃったら、「あれ？　自分……割とイケてるのでは⁉」って思うじゃん？　高所恐怖症《きょうふしょう》がなくなったら、もうこの世で怖《こわ》いものなんて何もねえなってなるじゃん？

しかしそこは私。即《そく》調子に乗っても、すぐに自分の身の程《ほど》を知り、そして今日も「やっぱり自分はお疲れアラサーだったよ……」と噛《か》みしめることになるのです。

まあ、聞いてよ。有頂天《うちょうてん》私に何があったか。なんで有頂天だった私が、こうしてチベスナ顔になっているのかってさ。

◇◇◇

「サヤ、ちょっといいか？」

始まりはある日のこと。私は竜舎《りゅうしゃ》の中の一角、休憩《きゅうけい》用スペースにて、お昼ご飯も済ませまったりしておりました。そこに爽《さわ》やかな金髪碧眼《きんぱつへきがん》イケメン男子ィが通りかかり、話しかけてきたのです。無論、このイケメンとは、すっかりおなじみ、王国の第五王子にして竜騎士《きし》団団長、アーロン氏でございます。今日も顔が良い。光り輝《かがや》いている。

どうでもいいといえばどうでもいいけど、おそらく年齢《ねんれい》は私よりちょっとぐらい上なんじゃないかなあと思われますので、男子って言うとちょっと若すぎる気がするよね。でもおじさんって呼称《こしょう》するのははばかられる。彼《かれ》がおじさんなら年齢分類的に私もおばさんになりそうだし——よし、この話題はもうやめましょう。傷が広がる気がする。私の。

「はい、なんでしょうか？」

頭の中に浮《う》かべていた雑念などおくびにも出さず、私はにこっと微笑《ほほえ》んでみせます。とりあえず笑っておけば対人関係はなんとかなる。と舐めていると、意外となんとかならないこともあるのだけど、まあこの場合はなんとかなるはず。

「近いうち、出かけたいんだが。都合はどうだろうか」

「はあ、お出かけですか」

「ああ」

よし、やっぱり自説は正しかった。笑顔《えがお》は大体の対人関係を解決する。

で……おもむろに切り出された話題は、スケジュールチェックでしょうか。元世界で社畜《しゃちく》してた頃《ころ》ならともかく、今なんかほぼ毎日暇《ひま》——いや、暇ではない、竜をモフモフし、何か異常があればただちに対処せねばならないという、私にしかできない大事な使命がある――それはそれとして予定の空白度が高いことも確かなわけで。

まあ、うん。だからぶっちゃけ、いつでも都合はつくのだけどね。

「私は竜をなでなでること以外はほぼ予定なしですので、いつでもお出かけ可能かなと」

「そうか。ではこちらで準備を進めよう」

ってことでこちら側に特に問題ない旨《むね》をお伝えすれば、竜騎士団団長殿《どの》は微笑まれた。まぶしいぜ。王子殿下《でんか》はあまり歯を見せる笑い方はなされないのだが、そこがまた品があって、ここでしか得られない栄養素がある。

これで、
この人本当に、たまに抜けているけど、基本は優しくて真面目《まじめ》だし、親切だし、こうやってこちらの都合も気にしてくれるし、あと仕事もできるっぽいし、そしてイケメン王子だし。

「私と竜、どっちが大事なの⁉」

「当然、竜だが……？」

的な癖《へき》さえ抱《かか》えていなければ、引く手あまただろうになあ……。

……ん？　いやちょっと待て。私、いつものごとくくだらんこと考えてたせいで、ちょっとこのまま話を流しかけていたんだけども。

お出かけ？　お出かけ……だとぅ⁉

「あの、アーロン団長……」

「どうかしたか？」

このときは、本来多忙《たぼう》な王子兼《けん》団長が、根っからの竜好きで助かった。

たぶん次の予定が詰《つ》まっているだろうに、小部屋の隅《すみ》から箒《ほうき》など持ちだしてきて、竜舎の掃除《そうじ》を始めていたのだ。

彼のことをそれなりに理解してきた今の私ならわかる。これ、少しでも竜舎の空気を吸っていたいがためだけに、ほぼ無意味な労働を自分に課している。

彼は定期的な喫竜《きつりゅう》をせねば、体調を崩《くず》すタイプの竜好きだ。マジでそうなのだ。だからこんなにイケメンなのに、ほとんど女性の影《かげ》がないのだ。まあ、そういう、ちょっと残念なところも、逆に完璧《かんぺき》超人《ちょうじん》じゃなくなっていいな、って思いますというか……。

というか？　何の話してたの!?　お出かけの話だよ！

「その、お出かけというのは、こう……どんなお出かけなのでしょう……？」

「どんな……？　ああ。ほら、この間無事に初飛行を成功させただろう。貴女《あなた》は竜使《みつかい》様であらせられるが、同時に今や我《わ》が団員の一人。初飛行のお祝いが必要だと思ってな」

な、なんか照れるぜ……なるほどね？　お祝いね？　ありがたいね！

「ということは、グリンダちゃんに乗って、またどこか飛び回ると……？」

「勿論《もちろん》、飛んでいるだけでも楽しいが、竜乗りの良さはそれだけではない。とっておきの場所で竜と共に過ごす、特別な食事会にご興味は？」

「わあ……それ、良いですね！　すごく楽しそうです！」

よし、わかってきたぞ。

この前飛んだ時と何が違《ちが》うのかな？　って思ったけど、飛ぶの自体が目的じゃなくて、飛んで目的地でアクティビティなお食事を楽しみましょうってことなのね！　理解理解。

団長氏も竜絡《がら》みだからか、話をしているだけでとてもご機嫌《きげん》なように見える。

微笑みは爽《さわ》やかを天元突破《とっぱ》しているが、手つきはプロの掃除人のそれ、箒捌《さば》きも鮮《あざ》やかだ。

そして一方の私はやったぜ！　とテンション上げた後、今はもじもじ手をすりあわせ、挙動不審《きょどうふしん》を深めている。ちょ、ちょっと気がついちゃったんだよね。特別な食事会って、つまり……。

「ということは、えっと……また、二人で乗るのですかね？　グリンダちゃんに」

「そうなるだろうな。……ああ、そうか。他の騎士であれば、一人乗りができるようになってから空に出るのだったな。だがサヤ、君は先に飛行の方だけを成功させた。普通《ふつう》の騎士とは順番が前後していることになる。ということは、確かにまだ、お祝いは早かっただろうか……」

「ど、どうでしょう。私はその、確かにまだ一人乗りはできないので、空を飛ぶとなると団長のお力をお借りするほかなく。でも……その、お祝いは、あればあるだけ嬉《うれ》しい派、といいますか。ケーキは正月もバレンタインも年度末も年度初めも食べられますからね……」

いかん、ついうっかり、独り身社会人世帯のくせに月一は何かしら理由をつけてケーキを貪《むさぼ》っていた、食い意地根性《こんじょう》を漏《も》れさせてしまった。

団長氏は異世界の人間なので、「誕生日とクリスマスの年二に食べれば充分《じゅうぶん》では？」とか冷めた目で返してくることがなくて良かった。

まあ元世界で程々に辛辣《しんらつ》な突《つ》っ込みを入れてくれた友人の関係は、あれはあれで得がたいもの、こちらの世界で概《おおむ》ね不満がない私が、時折喪失《そうしつ》感を噛みしめてはしょんぼりしている存在の一つであるのだけど。元気にしてるかなあ、彼女《かのじょ》。この世界に移動したせいで、あちらの私が死亡扱《あつか》いになってるんだとすれば、マンホール死というレアすぎる死因に突っ込み入れてるかなあ。それはなんか、申し訳ねえな……。ごめんね友、アホすぎる死に様で。でも実はまだ生きてるんだわ。

「あっ、いたいた、団長！　戻《もど》ってください！」

って、ああっ！　私がまたも脳内妄想《もうそう》を深めている間に、多忙な団長にお迎《むか》えがやってきてしまった！　もっと聞いておくことがあったはずなのに、タイミングを逃《のが》した！

去り際《ぎわ》も爽やかに手を振《ふ》ってくれるアーロン氏。イケメンのご機嫌はこちらも見てるだけで元気が出るなあ。やっぱり避《さ》けられてた時は、こういうのもなくてしんどかったもんな。

……なんかさっきから、ちょくちょくしんみりすることを思い出している気がする。どうした？　私は異世界でイケイケドンドンの女になっているんだぞ？　ネガティブ思考ループはやめやめ！

パンパン両頬《ほほ》を叩《たた》き、そしてそこでフリーズ。

「……でも、やっぱり今のって。いわゆるデートへのお誘《さそ》い……なんですかね……？」

いやあ。そりゃね、普通なら、「今度一緒《いっしょ》に遊びに行かないか」的な文言が、デートのお誘いってやつじゃあないですか。飯を食いに行き、酒を飲み、「ホテルにトゥギャザーしようぜ」となる。これがデート。たぶんね。ごめんなさい、私元世界でプロの陰《いん》キャだったので、想像でしかない世界の話をしています。デートイズ何。

で、さ。ここは異世界。そして相手はあの竜マニア、団長殿じゃないですか。「一緒に竜に乗って二人で特別な食事会にお出かけしましょう」って……やっぱりこれ、彼の基準では、デートにあたるのでは？

「いや。いやいやいや。落ち着こうサヤさん。ほら、団長、空が飛べるようになったら、皆《みんな》にするお祝いだって言ってたしね？　別にこう、特別な意味はないだろうしね⁉　あはははは――はあ」

思わず独り言を口走り、そして空笑い。ついには笑いがため息になってしまった。

うん、本当に、たぶん特に深い意味はないんだと思う。あの団長氏だし。「私と竜と略」問答で絶対に「竜」って答えるだろうなって、自他共に認める男だし。でもやっぱりこれ、私の人生の波が来ている感じがする。かっこいい異性とお出かけか、そわそわするな！　お祝いしてくれちゃうんですか⁉　って喜んじゃうなあ！　仲直りしておいて本当に良かったなあ！　うふふふ……。

「きゅん？」

「あ、大丈夫《だいじょうぶ》です、なんでもないでーす！」

はしゃいでいると、「休憩終わった？」というように竜が様子を見にやってきた。

良い子の彼らは、竜舎の自分達《たち》が移動可能なスペースを心得ている。人間の休憩スペースである小部屋には、首だけ突っ込んで目をぱちぱちさせている。体は入ったら怒《おこ》られるけど、顔だけ出してる分にはいいでしょ理論だね。

かわええ。ほんまに竜って生き物はかわええのう。可愛《かわい》いと思う人、この世界で実は少数派らしいけど。いやでもやっぱり見た目といい仕草といい可愛いってばよ。

よし、午後もたっぷりモフモフしてあげるからね！

◇◇◇

と、いうわけで。

団長さんとのお出かけ当日になった私は、マイアさんやエメリア嬢の協力もいただき、気持ちお洒落《しゃれ》にして（かつ、今回も落下対策装備をつけまくって）いざ出陣《しゅつじん》いたしました。

本日も大活躍《かつやく》予定のグリンダ様は、行く前にも軽めのマッサージをさせていただき、この後帰った後もモフらせていただく豪華《ごうか》サンドイッチスケジュールを予定しております。

おかげで飛ぶ時めっちゃルンルンしてた。可愛いね。キューティーだね。ペロペロする？　わーい。

私も団長氏との二人でのお出かけにルンルンしてたんだろうって？　それがですね……。

「それじゃあ、サヤ＝イシイの初飛行成功を祝って――カンパーイ！」

「イエーイ！」

「やほほーい‼」

はい。もう成人済み日本人なら、何が起きたのか、この辺の音声でわかるよね。

一応、旅立ちの飛行からそこに至るまでの過程も話しておくと、あまり長くない飛行（十分ぐらいってところかなあ？）の目的地は、美しい川のほとりだったのです。

ええ、ロケーションはね、最高でしたとも。釣《つ》りヨシ水浴びヨシのんびりヨシ、そんな雰囲気《ふんいき》のキラキラした水辺でございました。周辺には程々に川付近の石が転がりつつ、木々の緑も溢《あふ》れておりまして。

空気がうめえ。まあ日頃《ひごろ》過ごしてる室内やら竜舎やらも全然清潔なんですけど、なんといいますか、やはり……自然？　自然のパワーを感じるのです。私あんまり、スピリチュアルとかオーガニックとか気にする方ではないんですが、やっぱり緑に触《ふ》れることがあると、人間も自然の一部な生き物なんだなって気にはなります。

「わああ……すごーい！」

ともあれ、グリンダ嬢が安全着陸してくださった瞬間《しゅんかん》、私は素晴《すば》らしい辺りの様子にそんな頭の悪い歓声《かんせい》を上げました。

しょうがねえよ！　本当に感動した時、人は言葉を失うんだってば！　私の語彙《ごい》力が元々貧弱《ひんじゃく》なのは否《いな》めないけども！

「良かった、サヤもこの場所を気に入ってくれたか？」

「勿論です、アーロン団長――」

振り返った私は、思わず団長の後ろの景色に言葉を切りました。

「うぎゃー！」

「わー！」

「ヒャッホー！」

いや、なんか……綺麗《きれい》な川ですからね。皆さんがですね、その、喜び勇んで水浴びにね、及《およ》んでいるわけなのですけれども。

そうなんだよね。団長以外にも、めっちゃその他のギャラリーがいるんだわ。竜ハーレム？　いいえ、がっつり背中の人混《ひとご》みです。竜はヒャッホーとか言わねえ。だからこれはデートなどではなく、ただの竜騎士団集団ピクニックです、本当にありがとうございます。

まあ、私もね。さすがにね、「もしかして……トゥンク⁉」してた頃からね、「まあでもどうせ団長と二人きりとかじゃなくて、騎士の皆様達とのお出かけになるんだろうなー」ってね、そこまではね、浮き足立ちモードの最中でも、予想できていたんですよ、ええ。だってなんだかんだ、私も団長もＶＩＰなわけだし。護衛がつかない方が不用心だわよね。だから本当に二人きりはないだろうなって、それはわかってたんだよ、最初から。

（思い返してみれば、「二人で竜に乗る」とは言ってたけど、「二人きりで出かける」とは、一度も言っていなかったわけですしね。ははは。……紛《まぎ》らわしいわー！　ちょっとムーディーな感じで特別な食事会とか言われたら、そわっとしちゃうじゃん、しょうがねーじゃん‼　でもここまで普通にその他諸々《もろもろ》の方も皆来るなら、あのおもむろな誘い方は、なんだったの団長！　本当にそういうところだぞ、団長‼　エメリアお嬢様もそうやって弄《もてあそ》んだのね！）

心中で絶叫《ぜっきょう》している私、幾分《いくぶん》かは顔に本音が出ているのだろうけど、皆さんそれどころじゃないためか、私がわなわな震《ふる》えていることに突っ込みは飛んでこない。

竜騎士達は、竜の背中に乗せられたまま共同水泳を強《し》いられているか、あるいは水中に振り落とされている。当然、彼らの装備は落下耐性《たいせい》等を付与《ふよ》されているし、魔法防御《ぼうぎょ》の心得もあるし、竜に雑に扱われると喜ぶような精神の持ち主達が多いんだけども……。

竜騎士って、大変なお仕事なんだなあ。なり手不足的な嘆《なげ》きの一因を、また一つ目撃《もくげき》してしまった気がする。

「きゅっ！　きゅきゅんっ！」

そして私を後ろから鼻先でツンツンつつくのは、降りるところまでは超絶《ちょうぜつ》優良飛行をしてくださったグリンダ嬢。

一瞬《いっしゅん》で理解したよね。

これ、ただの上下サンドじゃなくて、欲張りバンズ三枚セット的なアレにしないと、私も水の中に放《ほう》り込まれるな？　って。

だから、ああ、モフってやったさ。

アーロン団長が一人だけ無被害《ひがい》できぱき周りに指示を飛ばしてるのとか、騎士の皆様達がわーわー言いながら服を乾《かわ》かしたり食事会用の設営をしたりしてるのとか、横目に見ながら。

グリンダ嬢が満足するまで、モフってやったのさ。

「ぜ、ぜえ、ぜえ……おかしいな、今日って私が祝われる日じゃなかったのか⁉」

「お疲れ様、サヤ。酒は並み程度に飲めるのだったな？」

「あ、ありがとうございます、団長……」

というわけで、もふもふ様が満足なされるまで昼飯前の労働をした私は、団長さんから木製ビールジョッキを手渡《てわた》され。

ん？　と思っている間に、半裸《はんら》の（彼も水に振り落とされた中の一人だったのです、お察しください）バンデスさんが乾杯《かんぱい》を宣言し。

そうして、イエス飲み会、ノーデートデーは、始まったのでした。

そういや見た目がキラキラしてたし、異世界だから忘れてたけど、竜騎士団って割と男所帯だったわ。そらノリが体育会系になるのは自然だわ。なんで一瞬でもデート云々《うんぬん》って錯覚《さっかく》したんだ私。今日も順調に己《おのれ》の黒歴史を更新《こうしん》している。くそうっ！

「ちょ、バンデス！　勝手に音頭《おんど》を取らない！　というか飲み始めない！　先輩《せんぱい》方もです‼」

「まあまあ、ショウ。いいじゃないか」

「団長ももうちょっとこう……サヤさんのお祝いなんですよ⁉　もっと上品にですね――」

早速《さっそく》始まる竜騎士達の酒盛りの声、団長氏ののんびりした声、そしてお小言を飛ばしているショウくんの高い声。

うむ。いつも通りだな。このノリなら、私ももうちょっとこう、ラフな格好《かっこう》で来ても良かったかもな。マイアさんに「ちょっとだけ髪型《かみがた》チェンジで……」なんてお願いしちまったのが本当に恥《は》ずかしいぜ。飲も。

ぐびっと。ぷはあっ！　お、結構うまいな、これ。

我がエクスカリバー、いや全然違う、木製ビールジョッキに注《つ》がれたるは、こういう時おなじみ発泡酒《はっぽうしゅ》。キンキンに冷えてやがる。魔法の力ってすげー。

まあ、お味はほぼビールですね。私個人としては、乾杯一杯目はお付き合いするタイプですが、一人の時に好んで飲むって程じゃなかった。でも、今日は直前に労働して、程よく汗《あせ》をかいていたかならかな。めちゃくちゃ染《し》みる。こんなにおいしい飲み物だったんだ⁉　ってなる。

こりゃあ確かに、労働者は皆ビール好きになりますわ。おっちゃん達やお局《つぼね》様達はこの味を楽しんでいたんだな。私もようやく彼らの仲間入りか。

そこ、「ウェーイ、年寄り仲間入りー！」とか言うな。大人の味を知ったって言え！

ええい、異世界魔法と先人転移者達にも乾杯！　おかげで元世界とほぼ同じように飲み会が楽しめます！

「お、いい飲みっぷり……いや勢いはあるけど、よく見たら中身あんまり減ってねえなオイ。大丈夫か、嬢ちゃん？　酒は苦手だったか？」

「いえいえ。先ほども言いましたけど、私の飲んべえ度は普通ゾーンです。飲めるけど、毎日は飲まないかな的な。あとどっちかというと、炭酸がちょっと苦手めで」

「そうなのか？　悪かったな。ほら、果実酒の用意もしてるからよ」

「いやあ、これがね。炭酸は一気に摂取《せっしゅ》できないからこそ、自然と大量の酒をぐびぐびやってしまうことが防げもするわけでしてね……」

そして飲み会と来れば、当然のようにテンション爆上《ばくあ》げのおっさん傭兵《ようへい》――もとい、こちらもすっかりおなじみな竜騎士の一人、バンデス氏。

いやしかし、本当によく似合う。あと、お酒が入るとますます蛮族《ばんぞく》みが強化されている。このように、面倒見《めんどうみ》も良いよくできた大人なんですけどね！　ナイフで肉を直差《じかざ》しして食べるあれが非常になじんでいる。

ちなみに自前ナイフらしい。元世界で見た、中世でしかやらないと聞いていたあれを、今現場で目撃しているわけですね。感動すれば良いのか呆《あき》れれば良いのか……わかんねえ時は酒を飲むしかねえな！　ぐびぐびっと！　ぷはっ！

「いい飲みっぷりだな、サヤ……やっぱり全然量減ってねえけど」

私の見た目だけやたら派手な飲み方は、元世界での処世術の名残《なごり》である。酒飲みは実際にぐびぐび飲める人が一番強いことは確かだけど、要は「お酒大好き！」の空気についていければ、言うほど飲めなくてもなんとかなるのだ。後は注ぐ側に回るとかね。のみねえのみねえ！　って言っていれば、嫌《きら》いな上司も力業《ちからわざ》で黙《だま》らせられるからな。その後の介抱地獄《かいほうじごく》に目をつぶれば。

「肉だ！」

「ショウ、肉、肉！」

「子どもですか皆さん、ほらちゃんと自分の分の皿を持つ！　そして野菜も食べるっ！」

ちなみに本日の食事会のメインは、肉です。私調べで、竜騎士団ではお祝いと言えば飲酒と焼き肉という価値観説が出てきている。悪くないと思います。

まあ、元世界で言うところのゆるキャンというか、ＢＢＱっぽい感じだね。

ちなみに厳密に言うと、ＢＢＱとは焼いた後にテーブルに持って行って食すスタイルのことを示し、焼きながら皿に取って食べるスタイルは、ただの焼き肉なんだそうだ。でも私は細けえことは気にしない、肉が焼ければ何でもいい。豆知識終了《しゅうりょう》。

これもたぶん、元から異世界にあったというより、先人転移者様達が異文化を持ち込んだ後、こちら流にアップグレードされているのだろうと思う。食材とか器具とか、ちょいちょい元世界とは違うものがあるからね。金網《かなあみ》じゃなくて鉄板使ってるし。ちょっと縁日《えんにち》の屋台みがあるな。

あ、当然ですが、これらの道具や料理の運搬《うんぱん》は竜の皆さんのご協力をいただいて準備しております。こうやって改めて見回してみると、結構な量運ばせてるから、川に叩き落とされるぐらいで鬱《うっ》憤《ぷん》発散が終了したの、有情まである。なお竜の皆さんは水遊びを楽しんだり、優雅《ゆうが》に毛繕《けづくろ》いしながらひなたぼっこしていたりする。うむ。絶景なり……。

「サヤさん、お好きな食材はありますか？　今日はサヤさんの初飛行祝いですから、たっぷり食べてくださいね！」

「ママ……！」

「はい？」

「すみません失言です、忘れてください。あ、野菜は好き嫌いないですが、タマネギはくたくたになるレベルまで加熱された方が甘《あま》くなるので好きです」

「わかりました、しっかり火を通しますね！」

「……あ。っていうか、気が利《き》かなくてすみません！　私がやりますよ、配膳《はいぜん》？係」

「いえいえ！　サヤさんは今日の主役ですから。雑事はこちらでこなしますので、たっぷりお腹《なか》いっぱいになってくださいね！」

ショウくん、しっかり者を通り越して、もはやオカンなのだわ……おかげでうっかり口が滑《すべ》ったよ。事案。しっかりしろ、三十路《みそじ》。

でも、この子があまりに人間力カンストしてて、駄目《だめ》大人はもはや大人しく指示に従うのが一番な気がしてきている。やんごとないお育ちの子でしょうに、苦労して。でもきっとその苦労が、将来上に立つ者となった時……役に立つといいんだけど、どうかなあ。

まあ、彼はきっと上下どちらからも慕《した》われるタイプだから、この先も問題ないとは思うけどね。

ショウくんから野菜をよそっていただき、ついでにお塩も振っていただき、「やっぱり自然の中で食べる飯って最高だな……」と浸《ひた》っていた私。

素材の素朴《そぼく》な味を堪能したら次はこれまた鉄板のソースだよね！　と、ワクワク取りに行こうとして、このワイワイガヤガヤ空間に一箇所《かしょ》、妙《みょう》に静まり返っている区画があることに気がつく。

「…………」

中心人物は我らが団長、アーロン氏だ。いつの間にか着替《きが》えており――いや、確かにちょっと目を離《はな》した隙《すき》があったとはいえ、いつ着替えたの？　あと、そのシェフっぽい格好、何⁉

彼もまた、ショウくんと同じく食材達――しかも肉の番をしているらしい。そして何故《なぜ》あの区画が静かなのか一目で理解できた。アーロン氏、すごい真剣《しんけん》だ。張り詰めた緊張《きんちょう》感の中、肉と向き合っている。あれは確かに、さっきまでショウくんには、

わかる。

「豆缶《かん》はんたーい！」

「キノコはいらねえ！」

「トマトきらーい！」

とか、各々《おのおの》の好き嫌いを思うがままにぶちまけまくっていた一団が、スンッ……と黙り込むのも
さすがだ、団長。本能が警告しています。真面目モードな時の彼を邪魔《じゃま》してはならない。

今の彼に「肉はまだですか⁉」なんて言おうものなら、そのたくましさと優美さが同居する手で指さされて消されそう。ほら、なんかこう、謎《なぞ》の光線的なやつでチュンッ、みたいな。団長ならそれぐらいできそう。ハンドパワーならあるもんね。サヤ、この目で見た。スマホ充電《じゅうでん》してた。

「…………」

団長氏の唇《くちびる》から、ほうっ、と無駄《むだ》に色っぽいため息が零《こぼ》れた。おい、ごくって思わず喉《のど》鳴らしたの、私だけじゃないよね、これ。皆今息止まったよね。

いや本当に、いつもは職務以外興味ありませんって真面目な堅物《かたぶつ》か、竜のお尻《しり》を追いかけ回しているドラゴンマニアかなのに、ここに肉を焼いたらシュールなお色気キャラに転職する属性まで加わってくるんだあ……。

きみ、それは反則だと思う。ちょっとだけ「ショウくん、バンデスさんに比べると、団長さんって見た目も性格も大人しい属性だよね。王子様だからかしら」とか、舐めていて本当に申し訳ございませんでした。おもしれー男すぎる。

どういう顔で彼を見守ればいいのかわからない。結果、ニコニコしちゃう。笑顔ですべてを取り繕《つくろ》おうとする癖が、こんなところでも出ちゃう。そして周りに、誰《だれ》かコメントしてくれないかなあって、観察しちゃう。

そこにいるのはバンデスさん、バンデスさんじゃないか！　あなた、こういうのの空気を読まないの、得意でしょう？　どうですか!?

あっ！　今明らかに団長さんの方を見て、そしておもむろにそっと目を逸《そ》らし、発泡酒おかわりに興じていますね！　もうちょい近くにいたら注いだのに。それとも手酌《てじゃく》の方が良い派かな？　まあいいか。

とにかく、完璧に理解いたしました。バンデスさんが止めないならもう終わりです。誰も団長のことはどうにもできません。こうなったら我々は、指を咥《くわ》えて焼き上がりを待ちつつ、謎に麗《うるわ》しい肉奉行《ぶぎょう》の好きにさせるしかないのです。

遠目にもめっちゃおいしいできばえになってそうなので、そこはいいと思うんですけどね！

「………………」

さて、相変わらずいつもと何か様子が違う団長なのだが、無事に焼き肉を完成させたらしい。恭《うやうや》しく完成品をトングでつかみ上げた彼が、すっと顔を上げると、ざざっと並んでいた騎士達が左右によけて道を作る。私これ知ってますよ。エジプトで偉《えら》い人が海割るやつ。今回割れてるのは人の群れだけど。……え。あれぇ？　ていうか、おっかしーなー。なーんで皆、私を見ているのかなあ。っていうか、騎士の皆様達、団長と私の間にビクトリーロードを作らないで!?

「サヤ……」

「サー、イエッサー！」

色々巡《めぐ》らせようとしていた思考は、たった一声で打ち砕《くだ》かれた。

行くしかねえ。逆らえねえ。なんだこれは。私は何をさせられるんだ。

ここ、そもそも何の場だったっけ。私の初飛行お祝いだよな。そう、だからこれはお祝い。確かにね、お肉をね、めちゃくちゃ丹精《たんせい》込めてね、焼いていただいてね。これ以上ないほどの祝福ですね、ええ、そうでございます、わかりますとも。

この物々しい雰囲気さえなければ、素直《すなお》に喜べるんだけどなあ！

「焼き加減は好みがあるかもしれないが、ベストなコンディションにできたと思う。ソースはそちらのものを使うといい。無論塩もいいが、この豚肉《ぶたにく》は特にソースとよく合う」

「サー、イエッサー」

なんだろう、デジャビュー。前もこんな風に、サーイエッサーBOTになったことがある気がする。あれ割とこの世界に来たばっかりの頃だったよな。すっかり異世界のことを知ったつもりでいたけど、とんだ傲慢《ごうまん》でしたね。まだまだ世界には未知が溢れている。

しかし、気分は完全に新兵だし、割と実際に、目の前の人物は上級軍人様である。

震える手で肉を受け取った私は、言われた通りにソースを絡《から》め、そして、いざ……。

「……‼」

「おいしいだろうか？」

「最高でふ！」

「そうか」

おっと、口に入ったまま答えるのはちょっとお行儀《ぎょうぎ》がよろしくなかったわ。

でも肉奉行がガチで作っただけあって、本当に……いやほっぺたが落ちそうってやつだなこれ、すんごいな！　トロットロ豚肉！　溶《と》けていく！　そして甘辛《あまから》ソースがまたたまらん！

「さ、お前達も食べるがいい」

「了解《りょうかい》です、団長！」

「ちょうだいします、団長！」

「さすがです、団長！」

そして団長が無言焼き肉製造機から肉配り兄貴にクラスチェンジしたためか、他の騎士達も次々肉を受け取り、そして蕩《とろ》けている。あとやっぱり、騎士の皆様はそもそも本職軍人ではあるのだけど、焼き肉奉行団長を前にすると普段《ふだん》の何割増しかでガチガチになるよね。サーイエッサー状態になるのは私だけじゃなかったね。私間違《まちが》ってなかった、うん。

「サヤ、次は何が食べたい？　好みの部位はあるか？」

そして団長が、配るターン、つまりお肉を焼く作業が一度落ち着くターンに入ったためか、こちらの要望を色々聞いてくださる。

この状態だと、いつもの団長に割と近いな。シェフの服だし、やっぱり普段より謎の色気を醸《かも》してはいるのだけど。なんで？　人間って肉を焼くと内なる魅了《みりょう》パワー的なものが解放されるの？

つい、別の鉄板で野菜を配っていた少年ショウくんを見てしまう。

彼もまた、鉄板の熱気に汗などもかいているようだが、健康的な青少年そのものである。健全だな。ヨシ！　こういうのでいいんだよ、こういうので。

団長を見る。汗ばんでいる。汗が拭《ぬぐ》われる。なんだそのけしからん喉仏《のどぼとけ》は。微妙《びみょう》に不健全なんだよな。この状態なの何がヨシなんですか⁉　でもここで異議ありを唱えられるほど、私の自己主張能力、高くない。

こうなったらどうするのか。飲もう。おかわりだ。そして食おう。今日は私が思う存分肉を食《く》らえる日なのだから。のみねえのみねえ。二日酔いは考えるな！　今を生きろ！

「おー、嬢ちゃん。果実酒は飲みやすいが、その分回りやすいからなあ、気をつけろよ？」

「心得てます！　かんぱーい！」

「サヤさん、ご飯はいかがですか？　訪問者の方は、お肉には絶対ご飯！　という方が多いと聞いたので……」

「ショウくん……あなたが神か……？」

「サヤ、牛もあるぞ。鶏もある。羊もある」

「食べます、食べさせてください！」

「かんぱーい！」

「かんぱーい‼」

「きゅっ！」

イツメンに加え、上機嫌な竜騎士団の皆様が入り乱れ、しまいにはしれっと紛れ込む竜達。

彼らもまた、おいしそうに焼き肉を食らっておりました。

なお、竜の皆さんは本来、魔力を多量に含《ふく》む物を主として食べている生き物なのだそうです。魔物を狩《か》ったり、魔石をバリバリ噛み砕いたりね。でもかなりの雑食で、人間が食べられるようなものは、彼らも食せるのだとか。人の通常食にはそこまで魔力はないので、食感等を楽しんでいるらしいんですけどね。まあ、だから今回の焼き肉なんかは、竜達にとってはいわばおやつみたいなものってことらしいです。

……っていうか、竜の皆さんすら団長の肉奉行には逆らわないんだ。あのグリンダ嬢すら、せっつくこともなく大人しく待つんだ。肉奉行極《きわ》めてるな、彼。

「よしよし、グリンダ。特上肉だぞ」

「きゅきゅきゅっ！」

「特上肉なのだから……もう少し味わってから飲み込んでほしい……」

「きゅう！」

しかしそこはグリンダ嬢、丹精込めて育てたふわとろ肉が飲み物のような扱い……それは団長さんも哀愁《あいしゅう》漂《ただよ》う顔になりますわ。まあ、あげてる最中とか結局デレデレだけどね。

わちゃわちゃして、がやがやして。最初に想像したお祝いとは、大分違ってはいたけども。

これはこれで、すっごく楽しいや。

「いやー、食べたなあ……」

ひとしきりおもてなしを受けた私は、お腹をさすりながら呟《つぶや》く。

鉄板での焼き物は一通り終了し、今はデザートのアイスが振る舞《ま》われている最中だ。

魔法の力ってすげー。あと、先人様、文化を広めてくれていて本当にありがとう。おかげで全力
で乗っかれます。いや本当に、魔王討伐《とうばつ》とかの世界観じゃなくて良かった。

「ああ、サヤさん。大丈夫ですよ、こちらでやるので」

「いやいや……マジで食べすぎたので、このぐらいはやらないと豚になってしまいそうで」

「お、じゃあ食器集めてきてそこに並べてくれや」

「はーい」

ふと顔を上げれば、相変わらずまめまめしいショウくんが後片付けを始めていた。

控《ひか》えめ一口サイズのアイスは手早く平らげて、私も手伝いメンバーに参戦する。

甲斐甲斐《かいがい》しくお世話してもらえるのは嬉しいけど、三十年庶民《しょみん》として生きてきたためだろうか、や
っぱり何もかもお任せして見てるだけ、というのはむずむずする。これぐらいはね。

集め回った食器達は、水魔法によって洗浄《せんじょう》されていく。元世界だと使い切りのプラスチックコッ
プや紙皿を使うことが多い印象だったので、こういうところはエコだ。竜は力持ちだし頭もいいの
で、荷物まとめさえ人間がなんとかできるなら、持ち運びの心配はしなくていい。

そして異世界流アウトドア皿洗い、いつもとまた違うので、見ていて面白《おもしろ》い。

洗浄後のお水はそのまま綺麗な川に垂れ流しではなく、一度濾過《ろか》の過程を挟《はさ》むらしい。濾過とは

言ったけど、よくある漏斗《ろうと》に水を流して地道にしたたってくるのを待って……というものではないみたい。空中で水をぐるぐると渦巻《うずま》きにしているのだが、その後ポンポン音を立てて、黒いピンポン球のようなものが出てくる。

「これがまあ、汚《よご》れ部分だな。こいつらはそのまま川に流せねえから回収。で、水の部分は自然にお戻りいただくってわけよ」

「はえー……環境にも優しい異世界だなあ……」

私がじろじろ眺《なが》めていたためか、バンデスさんが軽めの解説などしてくださる。

まあ、実はもうちょっと詳細《しょうさい》に、どういう魔法を使っているから渦巻きができて汚れを分離《ぶんり》できるのか的な丁寧《ていねい》な説明もしてくれていたのだけど、満腹状態のぼんやり頭では右から左に抜けた。帰ったら改めて聞いてみよ。

魔法の力であっという間に片付けも終わり、名残惜《お》しみつつもう解散かあ……と思ったけど、騎士達も竜達も皆まだまったりした雰囲気だ。

「さて、サヤ。食後はゆっくり過ごしたい派か？　それともちょっと運動したいか？」

気がつけば通常装備の団長氏が話しかけてきた。

だからいつ着替えたんだってばよ。さっきのお色気シェフ姿はなんだったんだ。いや、あの姿で接されると色んな情緒《じょうちょ》が激流に身を任せどうかしている状態になるから、この姿でええですけれども。

「いやー、本当にごちそうさまでした。そうですね、できればゆっくりしたい気分ですね……」

今すぐ竜に乗るのは、ちょっと。車の後部座席だったら、酔いとか心配せず爆睡《ばくすい》できる自信があるんですけどね。運動は明日から本気出す。

「そうか、ならこちらにご案内しよう」

団長氏に手を引かれ――さりげないエスコート！　私も流れですって差し出された手に自分の手を置いちゃったけどすげえな異世界！　何これ私、もしかして今日死ぬの⁉　めちゃくちゃ好待遇《こうたいぐう》続きなんですけども！

「……おお、ハンモック！」

と、道行きの内心は大層忙《いそが》しかったのだけど、少し歩いた先、木々の中に用意されていたものを見るとそっちに意識が行く。

私が端的《たんてき》に述べた通り、団長氏が連れて行ってくれたのはハンモックだった！

結構大きめのゆったりサイズで、おお、タオルケットどころかクッションまでもセッティングされておる……。

「なるほど、寝《ね》ろと。惰眠《だみん》を貪れと」

「きみがそうしたいなら」

「良いのでしょうか……こんな贅沢《ぜいたく》な……他の騎士様とか……？」

「各々好き勝手に息抜《いきぬ》きしているよ。竜達が今昼寝の時間だから、合わせている連中が多いが。もちろん起きていたいならそれも自由だ」

団長氏、私のキメ顔に爽やか笑顔で対抗《たいこう》。敗北。はい、寝ます。ちょうどずっと食後の眠気《ねむけ》と闘《たたか》ってたんだけど、これはもう午睡を堪能するしかねえ。午睡っていうか、がっつり夕方まで眠りそうな気もするけど、今はとにかくダイブするしかねえ。

「おやすみなさい……」

ああ、また、この、揺《ゆ》れる心地《ここち》がなんともリラックス……。

こんなにたっぷり時間を楽しめるとは。元世界じゃ生きるのにせわしなくて、それどころじゃなかったし。豊かな生活ってこういうことか。

幸せだなあ、本当に。

あとやっぱりもらってばかりだとちょっと罪悪感があるから、何かお返ししたいな。うん。しないと、じゃなくて、したい。竜の皆さんはモフり倒《たお》すとして、騎士の皆さんには、ううむ、何ができるかな。無難に菓子《かし》でも作るか？　喜ばれるかなあ、アラサーが作って……。

とろとろと、そんなことを考えながら。

私は気持ち良さの中に沈《しず》んでいった。

うーん、うーん。めっちゃペロペロ聞こえる。あと顔をペロられている気がする。

「お客様、違います。それはキャンディではなく私めの顔――――ハッ⁉」

「きゅっきゅっきゅっきゅっきゅっ」

どアップグリンダ嬢。わーお。この距離《きょり》でも可愛いねえ、あなた。そしてわかったぞ、私は今、猛《もう》然《ぜん》とペロられたことによって覚醒《かくせい》したのだな。

寝ぼけ眼《まなこ》を擦《こす》って体を起こそうとしたら、なんか揺れる。おおう、なんだこの謎の浮遊感《ふゆう》は。っていうかここ、どこ？　外？　ハンモックなんで⁉

「きゅきゅきゅん、きゅきゅきゅ」

「わかりましたお客様、いえまだちょっと寝ぼけてるんですが、そうでした本日はお出かけに来ていたのでした、そこは思い出しましたお客様――目覚ましありがとうございます、起き上がるためにちょっとどいてもろて」

私は手でそっとグイグイ押《お》しつけられるグリンダ嬢のお顔をキャッチする。そしてそっと押す。いや可愛いしもふもふしてるしずっとこれでもええのだけど、そんなに密着されていたら永遠にハンモックと同化してしまう。どのぐらい寝ていたかはわからないけど、夜が近づいてきている気配がするし、さすがに帰宅の時間なのでは？

「……む」

「きゅ」

「寝癖《ねぐせ》とか変な痕《あと》とか、ついてません？」

「きゅきゅん？」

起き上がった私、慌《あわ》てて騎士の誰かを探そうとし、はっと髪《かみ》と顔に手をやる。なお、グリンダ嬢に聞いてみたところ、首を傾《かし》げられた件。まあ、触《さわ》った感じでは変になってないから、いいか。

「グリンダ！　サヤの邪魔をしたらいけないと言い聞かせていたのに」

「アーロン団長。ちょうど起きられたので、大丈夫ですよ」

そうこうしていたら再びの団長出現。今度はバンデス氏とショウくんもいる。

「撤収《てっしゅう》ですね？」

「ん。ま、そういうこったな」

「ハンモック、お片付けします！　サヤさんは皆さんのいる川辺に戻ってください」

「承知です。ありがとうございます！」

焼き肉撤収班は多少私もお手伝いできたけど、ハンモックの扱いとなると、手慣れた男手の邪魔になりそうだ。このお片付けはお任せすることにする。

団長氏と川辺に戻れば、日は傾《かたむ》いてきて、良い感じの夕方。おお……昼間の青々とした川も美しかったですが、やっぱり夕暮れ時も格別ですね。皆同じことを思っているのか、ゆったりした動きで徐々《じょじょ》に撤収準備を進めつつ、なんとはなしに川の方に視線を向けている。

「……その」

「はい？」

「今日は、楽しめただろうか？」

不意に、隣《となり》の団長が話しかけてきた。

私はうーん、と気持ち良く伸《の》びをして答える。

「もちろんです！　こんなに良くしていただいて、ありがとうございます。っていうか、ものすごいお祝いをしていただいちゃったので。明日からの私、前以上に関係者各位を全員もみほぐしますからね！」

「そうか。楽しんでもらえたのなら、良かった」

……。む。この沈黙《ちんもく》は、なんかまだ団長アーロン氏に言いたいことがありそうな。私は後ろに手を組み、ちょっと待ってみる。

「……貴女は、とても明るい」

「はあ。そう見えますかね」

「だが、この世界にたった一人で放り込まれたのだ。心細さや不安が全くないわけでは、ないのだろう」

「それは、まあ……ゼロではないです、やっぱり。ただ……」

「ただ？」

「いやあ。めっちゃ配慮《はいりよ》していただいてますし。なので割と安心して過ごせています」

私はそこで、水面に向けていた体を団長さんの方に向ける。

「私、充分いただいていますし、こちらの世界のこと、大好きですよ」

「……そうか」

団長さんはようやくほっと肩《かた》の力を抜いた。……ようだ。

私自身はお気楽脳天気だったけど、でもやっぱり定期的に軽めのホームシックは発症《はっしょう》していたみたいだし、その辺りとか気にしてくださっていたのかな。

……くすぐったくて、嬉しいな。そっか。気にしてもらえてたんだ。

「あと私、こちらの世界に来て実感したのですけど」

「…………？」

「幸せって、最高がずっと更新されていくことを言うんですね」

こちらの世界に来て何度感動しただろう。私の感動ラインが低すぎる説もあるけど、でも……悪いことでは、ないじゃん？

なんか私まで照れくさいこと言い出してるけど、いいよね。今日はお祝いの日。特別な日だし。

「私も皆さんの最高を更新したいです」

「しているよ」

「ん？」

「いいや」

不意のふっと漏らした一言。

団長、今日はいつにも増してそれは禁じ手だよキミィ、な仕草が多いな。

……まあ、でも。

かっこいいのは、いいことだよね。

異世界最高記録の更新は、この先もずっと続いていきそうだ。

あとがき

どうもです。皆様《みなさま》。作者の鳴田《なるた》るなです。

いいかい、あたしゃ人生に疲《つか》れてるんだ。幼少期のプランでは今頃《いまごろ》イケイケの高額納税者になって「人がゴミのようだわ……」と、どこぞのタワマン高層階から見下してるはずだったんですが、残念ながらそうはならなかったんだ。私、思ってたより割と凡人《ぼんじん》だったんだよな。

だから妄想《もうそう》の中でぐらい、何にも義務のない異世界に飛ばされて永遠のバカンスをしたっていいじゃないか。一説によると、なろう作家とは自分の妄想日記を書くキモヲタのことを意味するそうですな。上等じゃねえか。書いてやるよ。異世界でもふもふとイケメンを侍《はべ》らせる話をよぉ！

……とか書き始めた、割とマジもんの生き恥《はじ》小説が、何の間違《まちが》いか栄《は》えある賞をいただき、こうして刊行に至ったということです。

うん。普段《ふだん》ならあとがきでは割と高尚《こうしょう》を気取って良い感じの演説を試みるんですが、この話書いておいて今からどう頑張《がんば》ってもどうにもならないよ。きっと読者の皆《みな》さんの大半は「これ、作者の黒歴史私小説じゃね」と思っているし、作者を多少知っている知り合いの方は「鳴田、お前疲れてるんだよ……」と熱くなった目頭《めがしら》を押《お》さえていることでしょう。

一応弁明しておくと、確かに主人公には多分に作者の価値観をダダ漏《も》れさせていますが、完璧《かんぺき》にイコール私ってわけでもないです。本当に私自身が異世界に行けるなら、私に優《やさ》しい幻想《げんそう》のお馬さんがいっぱいいる世界に行きます。チート能力はお馬さんにじゃれかかられても怪我《けが》しないとか、お馬さんを怪我させせないとか、そういうのがいいですね。そしていっぱい戯《たわむ》れるんだ。ヒヒーン！

話が逸《そ》れたので戻《もど》すと、まあ恥だろうがなんだろうが、書いてみようと思ったものは頭の中に留《とど》めるだけでなくちゃんと書いてみるものだな、と。少なくとも、息抜《いきぬ》きしよう、あとラノベ作家なら一回ぐらいはちゃんとラノベっぽいものを書こう、的な目標は、まあまあ達成できたかなと思っています。あとはこの話を読んだ人も……楽しんでくれるといいけどなあ。

さてここからはお礼を。担当様、校正様等、一緒《いっしょ》に文を作ってくださった方々、ありがとうございます。また、イラストレーターのＴｏｂｉ様に素敵《すてき》な絵を描《か》いていただいています。サヤがとても可愛《かわい》いです。また、ＷＥＢの頃《ころ》細々と読んでくださった読者の皆様、そして全《すべ》ての先行なろう作家の皆様、ありがとうございました。おかげでこの本は成り立っています。

最後に。理想とほど遠い現実を送り、生き恥にまみれていても、それなりに世界は回るし、人生は楽しいですよね。異世界には行けないけど現実もそこまで悪くないよ。そんな風に言える世界が続くといいな、と心から思います。

どこかの誰《だれ》かがくだらないと笑う、日常の一部のようなラノベになれたら光栄です。

本書は、２０２２年に魔法《まほう》のiらんどで実施《じっし》された「魔法のiらんど大賞２０２２」で大賞を受賞した「お疲れアラサーは異世界でもふもふドラゴンと騎士《きし》の世話をしています」を加筆修正したものです。

DRAGON NOVELS
ドラゴンノベルス

お疲れアラサーは異世界でもふもふドラゴンと騎士の世話をしています

2024年1月5日　初版発行

著　　者　鳴田《なるた》るな

発 行 者　山下直久

発　　行　株式会社 KADOKAWA
〒102-8177　東京都千代田区富士見 2-13-3
電話 0570-002-301（ナビダイヤル）

編　　集　ゲーム・企画書籍編集部

装　　丁　杉本臣希

D　T　P　株式会社スタジオ２０５ プラス

印 刷 所　大日本印刷株式会社

製 本 所　大日本印刷株式会社

DRAGON NOVELS ロゴデザイン　久留一郎デザイン室+YAZIRI

●お問い合わせ
https://www.kadokawa.co.jp/（「お問い合わせ」へお進みください）
※内容によっては、お答えできない場合があります。
※サポートは日本国内のみとさせていただきます。
※ Japanese text only

定価（または価格）はカバーに表示してあります。

ISBN978-4-04-075293-8　C0093